JN258800

新体詩の現在

加藤廣行

竹林館

新体詩の現在・目次

新体詩の現在

一読再読三読

文字の路地

跋

装幀　犬塚達美

新体詩の現在

加藤廣行詩論集

新体詩の現在

新体詩の現在

「都のかほり」というテレビの番組がある。新聞の番組欄で見かけて、何のことかと思ったので見てみた。京都の町並みを、解説をつけて紹介していた。京都の様子や魅力をあれこれと一回数分間にして見せる、いわゆるミニ番組であった。映像は心地よく仕上げられており、短時間ながら都への憧れを掻き立てて、関心のある向きにはお気に入りの番組なのであろう、おそらく。何度か見たが、毎回まことに京の香り漂い、数年前に仕事の帰りに慌ただしく数時間だけ訪れることのできた清水寺の湯豆腐の温かさを思い出したりして、旅情胸に迫らんばかりである。

しかし、なぜ「かほり」なのか。「香」でもよいし、または「馨」、和語であることを強調したいのなら流布している仮名遣いの「かおり」でも通る。「かほり」とするからある種の齟齬が生まれたのである。だから見てみる気にもなったわけであるが、まさか視聴率稼ぎの方策でもあるまい。数回見た後にテレビ局に電話してみた、「かをり」ではないかと。対応してくれた女性の曰く、「何本かそのような電話をいただいておりますが、変える予定はございません」とのことであったので、「間違えて憶える子もいるだろう、社会的な責任もあるのではないか」と詰め寄ると、「プロデューサーに拘りがありまして」と、それ以上の話は受け入れない構えであった。電話はそれきりであるが、分からないことがまた重なったのである。拘っているなら変更すべきであろう。変えるつもりがないのなら、それは気に入っているからであって、つまり思い入れがあるのである。すなわち大切にしたいという心持ち、拘りの方はそうであってはならぬと改善を迫る気色である。要は、言葉遣いに関する齟齬、感覚の違いが重なったということか。だから、翻訳すれば「プロデューサーの思い入れにより、かをりとすべきところをかほりとします」ということなのだろう。かをりの方が雅な感じがしそうなのだが、件の女性も、仮名遣いなどどちらでもいいだろうに、という雰囲気であった。それ程にこの「かほり」は、市民権を得ているようである。どこがおかしいのと問い返されかねない世の中になってしまっていると承知していた方が安全である。

それなら、この「かほり」が流布したのはいつ頃か。そう問われて、もしかするとすぐに反応する世代がある。昭和五十年、歌謡曲「シクラメンのかほり」の一世風靡である。作詞作曲は小椋佳、歌唱は専門の歌手に任せるばかりでなく、自らも歌って一人で三役をこなした。こういうのをシンガーソングライターと言うのだそうである。これも筆者には分からない言葉で、英語ではそんな言い方をするのかしらと訝るばかりである。誰でも知っていそうな歌であるから引用はするまでもないだろう。その題名が示すとおり、一体どこの国のことかと思わせるような道具立てと伝統を思わせる日本語の響きとを綯い交ぜにして、耳に心地よい世界が味わえる仕掛けになっている。鉢植えのシクラメンに何程かの価値を見いだすような生活、それは高度成長の忘れ物を取り戻そうという、いわば新しいライフスタイルの提案であり、さらにその花に恋しい女性の姿が淡く重ねられているのであってみれば、当時青春期にあった知性と心情への誘惑には多大なるものがあったと思われる。七音の繰り返しの中で話し言葉の敬体と書き言葉の常体とが同等に扱われ、それらが作り出すシーンが「かほり」というタイトルで雅に色づけされる。ある種の格調を印象づけ、しかし頃合いよく破調を施して決して世界を深刻にしないという周到な仕上がりで、印象としては、現代風の措辞に伝統的な日本語の響きが見え隠れして、時代の深層を見せてくれそうであり、何か確固としたものがそこにあるではないかと感じさせてくれた。まさに新しい感受性ここにあり、であった。大流行したのも、我らのアイデンティティがここにあるという安心感によるものかもしれない。そのような深読みが必要な時代でもあった。

しかし、求められ享受されたその心地よさの内実は何であったのだろう。新しいライフスタイルとは何かということである。鉢植えの花を見て恋人を思うことだろうか。いやそれなら歌や詩のテーマとしてあまりに芸がない。頭脳を煩わせずして設えが可能なアイテムで、実生活でもむしろありふれた日々の些事である。そこに新たな価値を見いだすならそれは再発見でもあるのだろうが、実は、見えてくるのは「シクラメン」と「君」くらいのものであって、それもよくは見えない。最終的にクローズアップされるのは、追想に耽る「僕」なのである。気づけば特徴的なイメジャリ、結局関心があるのは常に自分に対してであり、関心が、或いは想像力が外に向かうことは決して、ない。あたかも私小説の世界を思わせるが、それ程徹底してもいない。自分や、自分を取り巻く因果関係に関わり抜き、その出自と行く末を解明しようとするストイックな姿勢もない。要は、心地よい範囲を出ない。ジーンズを穿いたような措辞と擬伝統の響きが醸し出す幻想に都合良く寄りかかる姿勢が、つまりご都合主義の匂いが嗅いでとれる。それ以上の追究は為されないそのことに、心地よさの真の理由がある。

これは、想像力の恣意、或いは放縦ではないか。その気になれば作品の到るところに読みとれるレトリックの、さり気ない誘惑に乗って新しい感受性を開花させてしまった人はどうするのだろうか。想像力とは言うまい、修辞の行方はどのように贖われるのであろうか。或いはその後に来るべきバブルとその破裂への絶叫であったとでもコメントされているのかもしれないと悲観的にもなるが、いずれにしろ、歌が個人的なもの、私的なものに偏重していることをここに見る。そのシンボルとしての「かほり」である。

ところで、当時、「かをり」ではないのかと問われた作者が、これは人の名前であると答えたと聞いた。なるほど「かほり」さんも「かほる」さんもおられるだろう。しかし、それには別の思いが込められているのではないか。たとえば香を好むというような意味かもしれないと考えたりする。いずれにしろ論議が発展したとは聞いていないので、沙汰やみといったところ。

それはともかく、近時の歌はますますその傾向が色濃い。私への傾き、想像力というよりは連想の放縦、俗に言う歌いっぱなし、歌の行方など考えもしない、もっと俗に言えば、受ければよい。直接的な刺激が第一となっているようである。

とは言うものの、ここで件の歌を一方的に論難しようとしているのではない。歌に罪はない。そう言ってよければ、ある種の麻酔的効果さえもたらした作者の腕を賞賛すべきである。その後もこうした傾向の作を重ね、次々にヒットさせた取り組みには様式の確立を求める趣があり、精神性さえ感じられる。問われるべきは、受け入れた側の感受性なのかもしれない。世が求めていたのである、その斬新な連想、といって則を越えない飛躍の中でのはぐらかし、知識層とその候補生の好奇心をくすぐる結構、そしてたとえば、曲の終わりを五音で結ぶ思わせぶりを。

縹渺とした欠落感を提供し、あたかも洋楽のスタンダードナンバーに肩を並べようとする、そのステータス指向を。

だから、詞というよりは詩、これぞ私たちが求めていた歌である、歌謡曲も変わった、このようにソフィストケートされた味わい、分かるかなあ、この良さが、と珈琲を啜る物憂げな顔が見えるようである。ソフィストケートに独特の意味が与えられ、少し難解、でも快さが残る、待てよ、これは詩ではないか、とそんな形で詩の認識を広げる効果ももたらした。ちょうど、童話の世界が可愛らしさと無垢の集積であり、メルヒェンがお菓子の国であるという今や常識と化した誤解と同様に、詩は自分の思いが唯一絶対として尊重され、また心地よいものであるという要求が市民権を得たと言ってよいだろう。詞と詩との垣根が低くなったのである。虫歯の原因になるような詩が書店のラックを賑わしていた時代があった。

ちょうどその頃、詩と短歌や俳句との違いは何ですか、と問われたある大家が、「詩には、調べがない」と答えていた現場に立ち会ったことを思い出す。当たり前のような答であるが、極論すれば詩は歌ではないという判断であり、ここには調べへの信頼とそれへの依存に対する警戒感がある。単純に詩は論理であり歌は情感であると、とりあえず一刀両断にした勇気にまず脱帽するものである。詩には詩の論理と音楽性があり、歌にも論理があるはずであるが、情感に依存する傾向を忌避する立場に立てば、音楽性や調べといった要素はむしろ積極的に排除せざるを得ない。「シクラメンのかほり」の都会的イメジが如何にして可能であったかを確認してみればよい。七音を基調にしていながらたちまちの破調で、性急さを感じさせるほどである。伝統的な調べを嫌わなければ、飛躍も期待できない。詞は自身の調べを脱ぎ捨て、洋楽風の旋律を纏ったのである。詞が詩になることを望んだのであろうか、ここに、詩は論理という、あまりに書割的な構図が流布しているという背景が見えている。調べを意識しなくなっている現代詩と、そうした手法を貪欲に取り込んでいる歌謡詞との垣根が、低くなり続けている。歌には調べがある。調べが希薄になっても旋律という相方がいる。とすれば、一体、詩の方はどうするのか。旋律と手を結んで歌とシェアを分け合うか。だがそれも、危機管理としては頷けない。絆創膏を貼る体の手当では追いつかないだろう。歌や詞がある種の傾向をもって詩の領分に侵入してきているのであれば、逆の傾向もあるのではないか。双方物分りがよくなって、それもある、これもよしよしと、穏便な世間が出現する。さてそれで旋律の立場としてはどうか。お得意が増えましてと喜びたいが、こちらにも御家の事情がある。種が尽きてきている。ジャンル間の垣根は依然として高い。

歌謡曲に見られる個の肥大、私的なるものの隆盛は、詩の世界では、むしろ当然であるという声が聞こえてくる。もともと詩は思いを述べるものであるから、そのような詩が数多いのは論を待たない。いやほとんどがその種の作品であって、例をあげるまでもないだろう。これからも限りなく作り続けられていくはずである。しかし、そこに詩は志なりという原則が忘れられてはいないだろうか。といっても何も常に天下国家を論ぜよというのではない。一行を立たせるための緊張をどう生み出し、持続させ展開させるか、その工夫と努力に存する詩への架橋の志である。

たとえば次のような作品がある。

詩人よ君を讐ふれば
戀に醉ひぬるをとめごか
あらしのうちに樂を聞き
あら野のうちに花を見る。

詩人よ君を讐ふれば
世の罪しらぬをさなごか
口には神の聲ひゞき
目にはみそらの夢やどる。

土井晩翠の『天地有情』から、お馴染みの「詩人」である。四行五連のうち、初連で「をとめご」、二連で「をさなご」であった詩人がどうなるのか興味は津々、引用を続けてみる。

詩人よ君を譬ふれば
八重の汐路の海原か
おもてにあるゝあらしあり
底にひそめるまたまあり。

詩人よ君を譬ふれば
雲に聳ゆる火の山か
星は額にかゞやきて
焔の波ぞ胸に湧く。

詩人よ君を譬ふれば
光すゞしき夕月か

身を天上にとめ置きて
影を下界の塵に寄す。

明治三十二年発行、四十篇の詩と五篇のエッセイが収められたこの詩集は、百余年の月日を経てなお清新な詩精神を伝え続けている。その該博な知識を背景に産み出された詩群には圧倒されるばかりである。五七また七五を基調とし、定型を求める徹底した姿勢に情熱を感じ取らないわけにはいかない。名高い「星落秋風五丈原」は三百余行の大作であるが、引用した作品も短いながら詩心の明快さと深さを実現している。その工夫にうたれるものである。我が国の詩の在り方を実作を通して追究した過程と苦闘が味わえる。或いはこの「詩人」を、警句にすぎず、到底詩作品とは呼べないと評する向きもあるかと思う。定型を用いた考えの羅列で、展開がないと。詳細に読み込めば、そうでないと気づくのだが、詩も進歩していると頭から思いこんでいるだけの読み手がいれば、古くさい説教くらいにしか感じられないだろう。それでもよい、ここに開陳された構想に耳を傾けるだけでも意義は深いのではないか。しかし、詩人論の形をとりながら、この作品には詩の行方についての思いが溢れていることも確かである。すなわち、詩の可能性への期待、様式の確立への夢である。何やらイデア論めく終連をどう読むか。詩の在処について言及がないところに、実践としての詩作の困難さを読みとるわけだが、そうした状況を前提としその土壌に逆に根をはろうとする詩人の努力に学ぶものがあるとすれば、なるほど、今に生きるこれは説教である。

だが、ここには調べがある。別の旋律を必要としない思いや考えの延長がある。言葉が十全に自己を語りなお外延の拡張を求めて、読み手の心に届こうとするものが。共有されることに様式の意義があるとすれば、詩において意識されなければならないのは、このことである。イメジの意義を否定することなどできないが、作品の構成をそれだけに頼れば、いきおい調べは邪魔になるだろう。新奇さを求めて飛躍を多用し、新しい言葉や流行の言い方を採用する新しい論理の構成といえば聞こえはよいが、要は読む側の頭に訴えるだけのことになってしまうわけで、理解はされるが共感は得られない結果となることは目に見えている。すなわち、共振を得ない。

そのような詩法が一般化した状況の中では、詩人は自己について語り続けるしかない。自己の所有物としての思いであり、考えであり、論理である。もしかすると、外界も所有物として詩に取り込んでしまうかもしれない。歌うなら旋律を付ければよい、とばかりにである。

あと二十年もすると、エリオットが「感受性の分裂」などと言い出す時代に、考えてみれば、晩翠の実践は巨大であり、また完成されてしまったのかもしれない。新体詩確立への功績を認められつつも、その後の展開がなかったと非難されがちであるが、『天地有情』一巻の存在は大きい。勝ち残ったとされる島崎藤村にしても詩からは手を引いていくのである。それだけ困難な状況であったと認識しておきたい。様式の内在的な崩壊も輸入してしまったことで、我が国の詩の命運も波瀾万丈といったところなのであるが、結果論ではなく、その時々の詩人の課題と取り組みに個別にあたれば、その困難さが何であれ、それこそが詩作の根であると知れる。そしてそれは、多かれ少なかれ様式を確立しようとする衝動である。

『天地有情』からおよそ百年、次のような作品が書かれた。

その鈍色の肉を担い
夕べに白くしなう素肌、
愛の鳩らを射込んだ射垜、
見失う矢すらあり得ない。

ふと無心な身をあどけない
様子でそらせて　今日　身体
全部を桑のあおい枝だ

とただ信じる美の償い。

流木か骨のように、踏み、
抛り去られた不在の弓、
埃っぽい草の葉の間。

今日蓬の矢はない。いつか
その細い葉と葉をつないだ
野を着せるだけの天の孵化！

梅本健三の『歪回廊』所収、「桑の弓」である。収められた八十篇を読み通すと詩人の意図が迫ってくる、という印象を持つに到る。「本心は思想ではない。遊びであり、慰めであり、悲しみであり。全てこの風土の子なのである。」というコメントが前書きにあたる文章にあり、その前には「はじめに／未だ定型韻律を持たない／処女なる言語／現代日本語が／あった」という太字の五行があたかも碑のように置かれている。引用した作品は押韻が認められる例であるが、全篇を通じてリズムを与える工夫が為されている。といっても、あからさまにリズムが強調されたり無理矢理押韻が施されているわけではない。形而上詩といった趣を香らせながら、何度でも読みたくなる調べが一篇を括っている。晩翠が歌わなかったものへ差しかける光が見えてくる所以であると思われるが、晩翠とはよほど違った語り口であり、「天地有情」が言うところの「情」の内実の解明が一歩進められたかのようである。考えてみれば、新体詩が開いてくれた門をくぐった詩人の誰もがそれに取り組み、或いは取り組んできたわけである。しかし、その隅々まで解明することを方向づけられた「天地」の枠を、当の詩人達が忘れかけていはしまいか、と気づく。我々はそこにいる。天地とくれば、あとは人、すなわち情有りである。いかに論理に分があろうとも。

経済状況が進展したかどうかは分からないが、音楽活動が盛んになっていることは確かである。演奏や作曲が特殊な人のすることではなくなり、マスコミの後押しもあって、発表の場も増えている。毎日数限りない歌が生まれている今日、調べは旋律に任せることが当然のこととなってしまっている。詩の力が弱くなってきた遠因としてあげてることに異論はあるまい。音楽から詩を取り戻そうと、マラルメがワーグナーに闘いを挑んだのは、『天地有情』の少し前のことである。

気がつけば記号論

経験を顧みるに、詩の書き方を教えてもらったのは、これまでに一度だけである。小学生のとき、おそらくは国語の授業で詩を書きなさいと指示されたときであったと思う。何年生のときであったのかも、誰先生からそう言われたのかも思い出せないが、もう半世紀は経っているであろう今でも、そのときの情景が甦ってくるような気がする。机の上には行を分けるための線が数本印刷された紙が一枚、何を書いたらよいのかと途方に暮れる自分、隣近所の級友たちは既に鉛筆を活発に動かしている。とにかく何か書かなければならないと強要している紙の白さ。見渡す限りに何もない野原に突然投げ出されたようで、ほとんど恐怖に近いものを感じていた。そのときの先生の言葉が「難しくないのよ、思ったことを書けばいいのよ」であった。また、「思ったとおりに」とも。何でもよい、その日の、その時間までの経験を思い出して、そのことに対して思ったことを書けばよい、或いは、今日のことでなく最近のことでもいいし、いつも思っていることでもよいという指導もあったと思う。特別の紙を配ってくれたり、行分けの線が少なかったことを思えば、小学校でも低学年のときのことだったのだろう。もう、どんなことを書いたのか、どの程度書けたのかなど少しも憶えていない。昨日のことも忘れてしまう昨今でもこれだけ思い出せるのであるから、よほど衝撃的な経験であったということができる。こういうのを、原体験というのであろう。今でも何かを書こうとするとき、恐怖感が背筋を擽る。いつでも、あのときに帰ってしまう。

その後にも、国語の授業などで詩を書くことを指示されたり、奨励されたりしたが、書き方についてははっきりと指導されたことはなかった。このような経験は、別に珍しいものではなく、頷く向きも少なくないだろう。筆者の場合、中学校での国語の先生が颯爽たる詩人であり、実作者としての薫りよろしく生徒たちを方向づけてくださったのであるが、それにしても具体的な書き方に関しては、教えてもらった記憶はない。今からでもご教示願いたいところである。薫育も進展を見れば、蒲焼の実体に触れたくなるのが人情、その頃に詩を書き始めたのだし、その後も誰にも教えてもらう経験がなかったからである。今でも。

しかし、そうでない人たちも当然いるわけである。在学中に丁寧に手ほどきを受け、またサークルで踏み込んだ議論を重ねて、と実作を充実させている人も多いことだろう。同人組織での厳しい切磋琢磨で茨の道を切り開こうとしている詩人たちは、多かれ少なかれそうした経歴をもっているのではないか、とこれはそうでない者の推測である。筆者も同人組織の合評会に参加したことがあり、また参加している。とはいえ、経験の限りであるが、それらにおいても具体的な話が出てきたことはなかった。どのように合評を進めるかは組織の考え方によっていろいろと異なっても、要は、この段階に来れば、道は自分で開け、方法は創り出せということになるのである。添削に及ぶことは、どれくらいあるのだろうか。

何故こういうことになるのか、詩の書き方に関しての踏み込んだ議論があまり為されないのか。それは無論、例の様式の不在によるのであろう。一作一作、形式を創り出さなければならないという、直接的な状況によると一応言えると思われる。

したがってたとえば、俳句ではこのことは議論の対象ではない。確固とした形式があり、字余りもその形式故に意義づけられる。したがって周知の句会が可能なのである。点も与えられるし、添削もされる。句を作ろうとしたとき、既に同じ土俵に乗っているのである。句に対する、或いは句を作ることに対する態度が結社の存在理由となり、直接作句法を方向づける。したがって当然の如く添削が行われ、指導者がどのように直してくれるかと固唾を飲む初心者、中級、師範代。テレビの俳句番組でもお馴染みの場面となっていて、画面のこちら側では主宰にあれこれと文句をつけ放題である。一方、いわゆる現代詩に関するそのような番組はない。視聴者が投稿した作品を著名な詩人が添削する、そんな番組がありそうであるが、実際にはない。企画者にすれば現実的ではないのかもしれない。投稿する人はいるのか、それより選者は誰にするのか、そもそも添削は可能かなど、すぐに思いつく困難は確かにある。現況としては新聞や雑誌で投稿欄が設けられ、取りあげられた作品に短評を付す形である。レベルの高い研究会が行われていることも承知しているが、茨の道を行く前に、門自体が狭いのである。

義務教育の国語では、話すことや聞くことの教育が重視されてきているが、文学教材を読むことが軽視されているということもない。特に詩を読んだり書いたりすることは、ほとんどの国語教師が大切にしているところである。それは、言葉の教育の聖域でもあるかのような印象を受けるほどである。しかし、詩を書く人が増えているとは思えない。増やさなければならないと言っているのではない、どうして俳句の人口がこんなに多いのかと思うのである。義務教育では、音数と季語の存在しか教えていないのに。無論、添削もしないだろうに。かつて作家の丸谷才一が「子供に詩を作らせるな」と書いたが、適切な判断なのかもしれない。氏はしかし、「よい詩を読ませよう」と言う。確かに、筆者には件の悪夢はあっても、小学校で詩をたくさん読んだという記憶はない。何もないところからは、何も生まれないのである。

こう考えてくると詩の添削は、子どもに対する話というより、むしろ大人の、実作者の課題であるとわかる。もしかすると、相当な数の作品を持っていても、添削を受けたことがない詩人もいるのではないか。それで思い出すのはエリオットの「荒地」である。エズラ・パウンドによって三度添削されたと聞いている。経緯を辿る余裕はないが、要は、詩が詩人を生み、詩人が詩人を育てるのである。ここに詩法と詩論があり、その基礎を成す言語論がある。「思ったことを、思ったとおりに書きなさい」という、今となってはある種の嫌悪感さえ抱かせるテーゼへの不信感には、だから、それなりの理由があると言わせてほしい。といって、義務教育の先生方を責めているのではないと、取り急ぎお断りしておく。今でもこの断定的な指導が行われているとしても、何かしらしなければならぬという使命感の為せる取り組みなのであろうし、指導の改善も施されているだろうから。ただ、そうした指導が綿々と続けられてきたとすれば、これからも同様であろう。とすれば、事は国民的課題であるとの妄想も浮かんでくる。考え方を変えることが必要ではないだろうか。詩が大切であるなら、まず言葉についての考え方を見直すことが不可欠である。とりあえず、この「思ったことを書く」「思ったとおりに書く」についてである。

今ではもう、詩作についてのオブセッションとなってしまっているこのことについては、検討を続けて、親密になれるものならなっておいた方がよい。もしや、と思うのであるが、このことは学校以外ではあまり取りあげられていないかもしれないが、論議の対象となっていないだけであって、詩作の前提として鎮座ましましているのではないだろうか。この詩法が半世紀に渡って子供心を耕してきたとすれば、今やなかなかに手強いものに成長していると承知すべきである。第一線で活躍する実作家たちの作品や詩論の根に通底してはいまいかという、これまた妄想に一瞬駆られるが、反面このテーゼこそが、克服すべき原体験として存在する意義も大きいと思い直す。疑いを持った人の数だけ視点が生まれてくるだろうし、本質への道も広げられるだろうから。教育論を続ければ、発達心理からの見方も必要である。岡本夏木氏の言う一次的ことば、二次的ことばという捉え方から考えてみる(1)。

幼児の頃は家庭内で通用している言葉で事が済むが、年齢を重ねるに従い、世間との関わりを余儀なくされるにつれて、外で流通している言葉や言葉遣いが必要となる。学校という集団社会に入れば、否応なく言葉の上での試練が待っている、という構造。氏はここに「九歳の壁」があるとする。まず、うれしい、悲しい、あれこれしたい、と思うことを書けば、それが詩らしく見える年齢がある。欲求と言葉とが分裂していない段階と言えるかもしれない。言葉が記号化していない。しかし、次第に「思うこと」が変わってくる。どのようにしたら、うれしいことが表せるのかと。何事かを伝えようと試みを重ねることで、人間関係の存在が認識されてくるのと同じように、表現しようとすることで、言葉そのものへの信頼感が吟味されることになる。すなわち、表現しようとしている自分を対象化するのである。思っている内容が変転を始め、ある種のメタ感覚が生まれ育つということであるが、場合によってはこのことは、言葉で何事かを表現し、或いは伝えることができるのだろうかという疑問にまで発展することもあるだろう。「思ったことを書く」というのが考え方として正しいとしても、思われているその内実がほとんど限定できない程のカオスの状態であってみれば、手法として飼い慣らすことは難しい。蓋し、手強いのである。

とはいえ、思ったことでなければ書くことはできない。あのシュルレアリスムの自動筆記でさえ、思ったことを書くことに違いはない。たとえ手の動きに任せたとしても、それも無意識の為せる業と明快に理由づけられている。思っていることの諸相は様々なレベルにおいて、しかも未分のままに表れるということであろう。これを完全に表現するのは難しい。ジグソーパズルを完成させるように言葉を使ったとしたら尚更である。まずは、現に生まれてきている言葉に十全に語らせてみることが詩人として有り得べき、しかし唯一の態度であろう。現状を打開するために、ある形をそこに提出してみる、言葉が最も語り易い環境を工夫する、詩を書くとはそのようなことではないだろうか。そこに置いてみるという点では物のようであるが、決して道具ではない。詩人の都合のみで易々と使われるような手合いではない。むしろ詩人は、自分が何を思っているのかを言葉に聞いてみると言った方がよいのかもしれない。

たとえば次のような作品を、詩人の心情が素直に表された素朴な作品であると、安易に評することはできない。

ペン／＼草は
どこまでのびる

港の雨は
パラ／＼雨だ

汐がれ濱の
小笹にたまれ

小笹もゆれろ
港もゆれろ。

野口雨情の「汐がれ濱」、『十五夜お月さん』（大正十年刊）からの引用である。ここに収められた七十篇ほどは、全篇とも曲がつけられることを願うような形式で書かれた童謡詩である。といっても、よく知られているのは、タイトルポエムの「十五夜お月さん」と「七つの子」くらいであろう。「豊作唄」と「歸る雁」の楽譜が巻頭に置かれているが、聴いたことはない。他の作品に曲がついているかどうかも知らない。引用した作品を見ればその辺の事情はわかる、と思う。童謡と言いながら、その体を成しているとは思えない作品が多いのである。逆に言えば、曲がつけられるのは、「十五夜お月さん」と「七つの子」くらいなのである。この「汐がれ濱」にしても、その異様さはどうであろうか。詩人が汐がれの浜に立って、ということは夕刻の引き潮であろうか、目の前に広がるものを並べただけのことである、のであろう、おそらくは。しかし、何故に「ペンペン草」なのか、「パラパラ雨」なのか、また「小笹」なのか。ひとつひとつ取り出してみれば書割の部品にすぎないこれらには、作品中にあって緊密な響きあいがあり、次第に寂寥感を深めて他の言葉に替え難い。そして、「港もゆれろ」の衝撃。突然、潮が満ちたかのように襲ううねり。まさに言葉が語っている、或いは詩人が言葉に語らせている。

もう一篇引きたいのであるが、どれにしようかと迷うばかり、どれも魅力的である。一番初めからしてこうである。

お背戸の　親なし
はね釣瓶
海山　千里に
風が吹く
蜀黍畑も
日が暮れた
鶏　さがしに
往かないか。

「蜀黍畑」

これらは童謡には相応しくないのであろうか。そして、実際に曲がついていないことがその回答であるとするなら、これらは時代の感受性を照らし出していると言えるだろう。詩の本質を掘り当ててしまったにも関わらず、詩人の仕事は童謡の普及活動と位置づけられてしまっている。正当な評価とは言えないだろう。それは、ひとつの形の提出である。生まれて来る言葉に十全な発言の場を与えようとする実験なのである。方言を用いていることは故なしとしない。早い話、旋律をつけようとすれば、まず迷う。相当に思いきったエクリチュールが要請されることは想像に難くない。音楽の側を深め、変貌させる詩である。だから、ここに有名な「十五夜お月さん」を並べてみると、アバンギャルドな趣が明らかとなる。

十五夜お月さん
御機嫌さん
婆やは　お暇とりました

十五夜お月さん
妹は
田舎へ　貰られて　ゆきました

十五夜お月さん　母さんに

も一度
わたしは　逢ひたいな。

何気なく聴いていたのでは、唯センチメンタルになるだけであるが、よくよく読んでみると、「わたし」とは誰か、どんな状況かなどと疑問も出てくる。しかし、そのような読み方では多分読み解くことはできないだろう、想定は限りなく可能だから。脈絡はないのである、言葉が語る空間、大抵の読み方は許容してしまうだろう。

雨情が生まれた北茨城、磯原から南へそう遠くない水戸で、次のような詩が生まれた。無論、八十数年の時を経ている。

いつの頃からか　習慣化してしまった朝ごと
の行事は　完全にはまだ覚め切っていない寝
惚け眼のままで　新聞の朝刊を開くことだが

と始まるこの作品は、星野徹の「アケボノアリを枕として」（『白亜紀』一二二　所収）である。

一行二十字、空白の一行を入れて六十九行にきっちりと詰められた言葉の結合は、氏独特のスタイルと言ってよいだろう。(2) 擬散文書きというのだろうか、氏の作品がこの形式を多く用いて緻密な論理性を印象づけていることはよく知られているが、それらの作品を仔細に見るとそれぞれにまた、個性を持っている。一行の字数が作品ごとに異なることをはじめ内実も多様であり、この作品においては読み始めてみると、そのウィットに誘われて一気に読みきれてしまう爽快感がある。したがって、どのように引用するか悩んでしまうのである。とりあえず続く行、

国際政治面　特にイラク問題もさることながら　と言うよりもそれはむしろどうでもよくて　つい今朝方も　「大発見　琥珀の中にアケボノアリ」という見出しから　衝撃を受けたばかりで　つまりはその瞬間にぱっと目が覚めたわけで　となれば素通りするわけにはゆきませんね　とほほほほ　おやどなたかが　わたしの代りにお笑い下さって　何と仕合せなことか　まるでゴスペルの御到来にも

ひとしくて　と舞い上がってしまっては　後
が危ない　されば首に　いささかの垂鉛を吊
しながら　記事を見直せばこうでしょうか

思わず長く引いてしまったが、日常の習慣をさり気なく述べて読む者を引き込み、落語もかくやと思わせる語り口で離さない。ユーモアと思わせて実は卓越した飛躍なのである。何やらもう気配は変わって、どなたかが登場しているようだ。ここからは「八千五百万年前の白亜紀後期の地層から採取された琥珀のひとかけら」、その中にいるアケボノアリについて語り、それが与えてくれた興奮を琥珀の中に封じ込めることが可能かと考えてみたりする。

心は蟻のように物としての存在性を備え
ていないから　結果は　当然　蟻の足もとに
も及ばない　ああやんぬるかな

ここまでが枕、後半は一転、すなわち目が覚めて趣が変わる。

優柔不断のわたくしめを　せめて　捩じ伏せる思いで　えいっ　えいっ　えいっと　気合を立て続けに浴せ掛ければ　いささか効果も
——　おのずから見えてくる景色は　どうやら銀河の数倍の大きさの　独立した渦巻型の
　永遠に旋回して止まぬ　時空連続体であろうから　それは一つの巨大な太陽系を右に
さらにもう一つの巨大な太陽系を左に　という具合に　焦点を二つ備えた　楕円形の宇宙
らしい

あとの二十行も引いてしまいたい程であるが、もう十分に言葉は自らを、語りの運動に身を委ねている。あたかも自動筆記と見紛うばかりの飛躍。それにも関わらず、展開を経て次々に明らかになる論理の網。イエス・キリスト、ゴスペル、オーロラ、沈黙の眼等々が次々に登場、彩なす静謐の深さが前半と拮抗して運動を開始、焦点を求めていく。あたかも、目の前に宇宙を創り出している詩人、白衣の姿が目に見えるようである。「えいっ　えいっ」とイェイツに仁義を切ることを忘れず、実験室で、宙に浮いている言葉をひとつひとつ手繰り寄せて黄金律への精錬を試みると、やがて語り始める言葉たち。ただし、冷たさはない、眼前の論理を支える「決断の眼差」がある。

詩が思いを述べるものであるというのも、ひとつの見識である。しかし、それならば、思いのカオスをどのように述べるのか。気の利いた言い方でなどと、また感性に任せてなどと安易に考えていれば、思いが痩せてしまうだろう。そうではなく、生まれてきた言葉、近づいてきた言葉に語らせてみることを考えるべきなのである。言葉の力を借りて思いを豊かにする、強くする。そのとき必要になる形。

それにしても、言葉は伝わらないものだと、誰しもが生活の様々な位相でそういう経験を重ねている。言葉は、ついに記号にすぎないのか、と。そうは認めたくない思いが、創作へと向かうのであろう。宇宙の秘儀を、すなわち生活上の齟齬の打開策を、もしかするとその逆を、言葉に語ってもらえるかもしれないから。すると、適切な、工夫が凝らされた形が必要になるのである。ここで引用した作品のどれもが、それぞれに魅力的な見得を切っている。

（1）『ことばと発達』（岩波新書　一九八五）

（2）この作品の全文は、詩集『フランス南西部ラスコー村から』（思潮社　二〇〇五）で読むことができる。ただし、一行三十字、四十七行のバージョンとなっている。

詩神の一吹き

年齢を重ねると、と言う程に長くは生きていないが、分かってくることが確かにある。記憶が曖昧になってくることが、そのひとつ。忘れやすくなったり、物覚えが悪くなったりすることについては語るまでもないだろう。言い訳のように取り沙汰され、茶飲み話になっているのはご案内のとおり。年齢のせいか、を枕詞にして失敗の経験やそれにより受けた衝撃が詳しく報告されている。時には自慢話めいたりするが、人間関係の潤滑油にしてしまおうとのしたたかさを感じたりする。全国津々浦々で、いや古今東西に亘って普遍性を有する話題であろうか。

しかしあまり言われないのは、記憶の取り違えや混乱である。長い年月の中で似たような出来事を何度も経験していると、それらのひとつひとつが区別できなくなっていたり、混同されてしまっていたりする。記憶した映像は似ているものごとにまとめられて、それぞれの抽き出しに入れられるのであろう。時を経ればそれらが重ねられて、部分部分が入れ替えられるようである。あのとき集まったのは誰々だったねと思い出している同窓会の企画会、いやそれはその前のことだろうなどと、意見があわない。自分に都合のよいようになったりしている。何かで揺すられでもして箪笥が動いたのだろう。整理されていた記憶のネガが散らかってしまった。重なった数枚が一枚に焼きつけられてしまう、といった具合で様々に再構成されるのであろう。それぞれのネガからどの部分が採用されていくのかと、興味をそそられる。一体どのような秘儀が存在するのであろうか。これを追究の俎上に載せれば論議は、相応の年月、経験の重さなど、すぐに思いつくことに加えて、人が生存するための自己防衛本能にまで及んで、自分も生物学の被験者であるかのように思えてくる。もしかすると、ＤＮＡとか呼ばれるものの中に、生まれる前からの記憶が蓄積されているのかもしれない。それが世代を超えるものであり、さらには系統発生に係るところまで拡張できるなら、いわゆる原型批評に新たな魅力が加わるだろう。

話を大きくしようというのではない。ちょっとした経験をしたのである。誰にでもあるであろう些細な出来事に理屈をつけてみたかったのである。

遠くちらちら灯りが見える

もうお馴染みとは言えないだろう。いや知っている人の方が少なくなってしまったかもしれない。三門博語るところの名作、「唄入り観音経」の冒頭である。曲師は既に調子を確かめて準備万端、拍手をどこでやめようかと迷ってざわめく客席を、静寂に導くような語り始めであった。思い浮かべる向きも、しかし少なくはないはずだ。

少し前のことであるが、ＣＤを聴くことを覚えた母から珍しくもリクエストが出た。浪曲なんかもあるのかね、米若はいいね、などと言いながら、ついには「佐渡情話」を買ってこいというわけである。レコード屋に向かいながら、そう言えばと思い出したのが、件の一節であった。我がラジオデイズの重要なコンテンツであった浪曲とはその後疎遠になっていて、久しぶりの再会といったところである。寿々木米若は勿論、梅鶯、浦太郎、綾太郎と次々に名前が出てきて、それぞれの節がうろ覚えながら甦った。子供心にも面白かったのは相模太郎の「灰神楽三太郎」だが、なんといってもチャンピオンは二代目虎造で、揺ぎ無い人気と実力が既に伝説となってたとえそれが「浪曲天狗道場」にご登場の素人によるものであろうと、「石松代参、三十石船」の聴けた夜は、それでその日の充実が保証されたのである。そんな中で「唄入り観音経」にはそれ程の馴染みはないのであるが、何故か語り始めの印象は強い。

あれは言問　こちらを見れば　誰を待乳の舫い舟

月に一声雁が鳴く　秋の夜更けの吾妻橋

と続くのではなかったか、遠景から次第に芝居的現実へと舞台が廻ってくる。この後、身投げ話を発端に観音経が唄になって流行る次第が息も尽かさず語られていくが、展開は次第に賑やかさを増して、その冒頭の静けさが逆に際立つこととなる。引いた部分は、或いは芝居を意識した書割的常套句であり、聴き手を想像の世界へと誘う約束事なのかもしれない。しかし、それにしても、もの思わせる語り始めである。物語の始まり、たとえば夕暮れ、霧の棚引く里に灯が点り始めるのを小高い岡から見遥かしている。或いは、夜更けて海辺の宿から生の証を探したりしている、沖行く船や灯台の灯を。粋な世界を思わせぶりに、聴衆を次第に黙らせていく型と言えばそのとおり、一節で次に続く様々な状況を予想させて、さてどうなるのかと期待をもたせる。話というものが持っている本質的な面白さが顕現しているのではないだろうか。

実を言うと、思い浮かべていたのは嵐吹く夜半の湖であった。波が重なり合う湖面の奥に、ちらりと何かが過ぎったようだ。気のせいかと思いながらも目を凝らしていると、もう一度、今度は確かにほの明るいものが揺れている。絶望の窓から暗黒を眺めている日々、それでも今宵は砕ける波のせいで外がいつもよりは明るい。風に打たれて見続けていると、いつしか頭蓋の中を上下左右に揺れ動き、鬼火のように明滅を繰り返すもの。あれは、救出作戦が進行しているというサインではないか。ならば、それは希望の揺籃、幻覚の種火。概ねそのような映像が脈絡なく、曖昧さを十分に保ったまま次々に寄せてきた。そして、それらが「シヨンの囚人」を下敷きにしていることに気がつくまでに、それ程の時間を要することはなかった。さらに、それらが幾種かの異なるネガが重なってできた「シヨンの囚人」風のイメジャリであることにも。

そもそも、このバイロンの作品では囚人が閉じ込められていたのは地下の部屋であり、窓は攀じ登らなければならない程の高さにあったとされる。

二重の牢獄よ！　壁と波のために
この小部屋は生ける墓。
湖面よりも低いところに
われわれが繋がれた丸天井の暗い牢獄。

到達してみればようやく水面を越える高さであったと読み取れる。

私の目の前では広いレマンの湖と
ローヌの青い流れとが、それぞれ誇らしげな様子を見せていた。
泉から水が木々の茂みや岩の間をとおって
湧き出る音が聞こえた。
岸辺には白壁の家が立ち並び
湖上には真白い帆がはためくのが見えた。
それから小さな島がひとつ。

モデルになったボニヴァールという人物の目の高さで見ているが、筆者の中に生まれた件のイメジャリは俯瞰に近い。おそらく、上の階にある窓から湖を一望した経験が刷り込まれたのであろう。実際、レマン湖の畔に佇むこの古城に行ってみれば、この事情が即座に了解される。上の階からの爽快な眺めに比して、地下の部屋は「ゴシック様式の」大きな「柱が七本立っている」ほかには何もない空洞のような所である。絵画表現では美しくもなるが、そこに立てば凄惨な印象をしか得ることはない。数百年に亘って多くの囚人が、事情こそ違え辛酸を嘗めてきたという事実が重く圧しかかってくる。美しい湖の佇まいにも秘められた容赦の無さが感じられるようになる程で、作品ではイメジを変化させたいという欲求が生まれるのも、無理はない。地下の部屋には行きたくないと、気持ちが動くのである。

バイロンといえばイギリスを出てヨーロッパを遍歴し、諸所で国家独立運動などに身を投じた情熱の人。詩人はかくあるべしとロマン派の代表にされて、我が国でも人気が高かった。代表作の「チャイルド・ハロルド」によりベルリオーズが作曲したのをはじめ、「マンフレッド」にはシューマン、チャイコフスキーが曲を付け、「マゼッパ」はリストがと、音楽への影響力にも大なるものがある。もっとも「マゼッパ」はユーゴーの方かもしれないが。

今あげた中に「シヨンの囚人」が見あたらず旗色が悪いようだが、そんなことはない。レマン湖の畔ではロングセラーである。シヨン城の入り口で、数カ国語に翻訳されたものが売れ続けている。そして、それにも劣らず、我が国においても十分に認識されているのは周知のとおり、北村透谷の「楚囚之詩」との関係においてである。

明治二十二（一八八九）年、透谷北村門太郎が著した『楚囚之詩』が日本近代詩最初の作品であるとする評価は、諸家により多少の但し書きが付けられはするものの、概ね一致していると言ってよいだろう。先行する『新体詩抄』（明治十五年・一八八二）は、森鷗外に「外山等の新体詩は詩に非ず」と切って捨てられ、その鷗外自信の『於母影』も訳詩集であった。S.S.S.（新声社）によるその試みの先頭にバイロンの「チャイルド・ハロルド」の一節が置かれているのは偶然であろうか、「マンフレッド」も取りあげられ、「マンフレット一節」と「曼弗列度一節」との二様に訳し分けられている。関心をそちらに持っていきたいところであるが、ここでは『於母影』が明治二十二年八月に出ていることを確認するに止める。同年四月の『楚囚之詩』に四ヶ月遅れているのである。

もっとも、この『於母影』は雑誌の付録であったので、実際に世に出たのが何月であったのかは定かではない。明治二十二年八月二日発兌の「國民之友」第五十八号の附録「藻塩草」の一部で、大きさはA５判大、該当する部分は十五ページである。今では月刊誌は表示された月よりよほど早く出るのが通例であるが、当時はどうだったのだろう。或いは八月より早く流布していたかもしれない。なお、「國民之友」は当時、「毎月三回二之日刊行」され、第五十七号は七月二十二日発兌の由である。毎月平均一万四千数百部を発売したと民友社社告にあるが、たとえこの量的な影響力を考慮したとしてもなお、『楚囚之詩』に我が国近代詩の出発を見いだすことに、異論は出ないであろう。

『楚囚之詩』の方は、B４判大の用紙の長い方を生かして二等分し、半分に折ったものを重ねた造本と思えば近い。すなわちほぼB６判大で、天と地が長い形。本文二十四ページに自序二ページと挿画が一様、奥付が一ページであるから、表紙を入れて十六枚を重ねたものであると思われる。右端の上下二箇所を緑の糸で綴じてある。今ならホッチキスを用いるところであろう。日本近代文学館編の複刻を見ているのであるが、四六判横四つ目の中綴風というのだそうである。江戸期からの流れを汲むスタイルだそうで、ある種の儚さを伝えながらも凛とした姿を併せ持つ造本に、新しい時代を担おうとする詩人の矜持が感じられる。

しかし、この作品が日本近代詩の源流として位置づけられるのは、そうした一書の製本法やその薄さによるものではない。

曾つて誤つて法を破り
　政治の罪人として捕はれたり、
余と生死を誓ひし壮士等の
　數多あるうちに余は其首領なり、
　　中に、余が最愛の
　まだ蕾の花なる少女も、
　國の爲とて諸共に
　この花婿も花嫁も。

全篇は十六の部分に分かれ、引いたのはその「第一」である。「獄舎」につながれているのは「余」と「我花嫁」、そして「少年の壮士」三人の計五人。「シヨンの囚人」の方は「私」と二人の弟であるから、この点での設定は異なっているが、「第二」からは両作品の近しさが現れてくる。

余が髪は何時の間にか伸びていと長し、
前額を盖ひ眼を遮りていと重し、
肉は落ち骨出で胸は常に枯れ、
沈み、萎れ、縮み、あ、物憂し、
　歳月を重ねし故にあらず、
　又た疾病に苦む爲ならず、

これに対して「シヨンの囚人」の冒頭は次のようである。

私の髪は白くなった—だが何年もたったわけではなく
一晩にして白くなったわけでもない。
不安にさいなまれて眠れず

褐色の髪が白くなってしまったのだ。
苦役のために私の力が衰えたのではない——
恥ずべき休息のうちに錆ついたのだ。
投獄によって私の力は無理やり奪われ
私はありとあらゆる辛苦を嘗めてきた。

引用を続けて、両者の似ている点から影響関係を検証し、或いは相違点から透谷の独創性を解明したい誘惑に駆られるが、引用部を比較するだけでも、展開されるに従って相似性が濃厚になっていくことは見当がつくだろう。研究によれば三百五十行近くになる全体の二割に、強い影響が見られるとのことである。

このことを考えれば、日本近代詩の源流は、レマン湖の畔にあることとなる。現在、日本に居て日本語で詩を書いている向きは須《すべから》くこの事実を認識すべし、スイスに足を向けて寝てはならない、と言ったとしても強《あなが》ち冗談にはなるまい。ただし、ワグナー愛好家のバイロイト詣に倣いレマン湖詣を推奨するわけではない。一応、筆者は試してはみたが。したがって引用している「シヨンの囚人」の翻訳は、その折に求めた冊子からのものである。

しかし逆に言えば、八割は透谷の創造になるものであり、たとえ換骨奪胎が指摘されようとも、それまでにはなかった表現の道を切り開いた苦闘に、貶められるべきものは何も無い。それまでの詩歌世界の成立を保障していたいわば雅語の因襲を超えていく為に、ぜひとも必要である新しい言葉遣いが追究され、提出されているのであるから。それはまた、新しい社会とそこに生きる人間の顕現を求める現実的な行為にも繋がり、バイロンの影響を受けているというなら、この点にまで踏み込むべきである。自由民権運動に関わりかつ文学的営為を為すことで、おそらく現実とフィクションとの止揚を企て、そこにポエジーを求めたのであろう。したがって、政治的活動から脱落した後の透谷が理想主義的傾向を文学に求めた、とするのはごく当然の指摘であるにしても、詩人が詩作に安住していたと見るのは妥当ではない。脱落したというなら、政治的活動と文学との双方から同時に脱落したのであり、そうなってこそ、文学的リアリティの不在が真に彼を襲ったのである。脱落というよりは、まったく新しい世界を感じとり、見えざるものに突き動かされ始めたと言った方がいいのかもしれない。

ところで、この『楚囚之詩』は完本が四冊しか伝わっていない稀覯本としても名高いのだそうである。そうなった経緯も、透谷の理想主義によるものであるという。奥付によれば四月七日印刷、同九日出版であるが、三日後の十二日の日記に「熟考するに余りに大胆に過ぎたるを慙愧したれば、急ぎ書肆に走りて中止することを頼み、直ちに印刷せしものを切りほぐしたり」とある由である。そして、自分の参考のために一冊を残したということであるが、数冊が残っているのはどういう事情によるのであろうか。まさに源流、密やかに湧く詩の、小さな泉の如くである。しかしその構想は雄大、近時に到る展開が証明している。

そのことが「大胆」なのであろうか。「自序」では「余は遂に一詩を作り上げました。大膽にも是れを書肆の手に渡して知己及び文學に志ある江湖の諸兄に頒たんとまでは決心しましたが、實の処躊躇しました。」と告白し、また「江湖に容れられる事を要しませぬ」と遠慮しながらも、「余は確かに信ず、吾等の同志が諸共に協力して素志を貫く心になれば遂には狭隘なる古来の詩歌を進歩せしめて、今日行はる、小説の如くに且つ最も優美なる霊妙なる者となすに難からずと。」と宣言している。そして、覚悟したのであろう、「元とより是は吾國語の所謂歌でも詩でもありませぬ、寧ろ小説に似て居るのです。左れど、是でも詩です、余は此様にして余の詩を作り始めませふ。」と言いきったのは、迷った末とはいえ、確かに大胆である。大胆余って破棄に及ぶこととなった、のであろうか。

とはいえ、それは理由ではない。破棄の芽はやはり作品の中に胚胎している。獄舎で辛酸を嘗める「余」の姿に。「吾花嫁」、「三個の壮士」が姿を消し、入ってきた蝙蝠は捕まえたものの放ってやり、鉄窓まで来た鶯も去る。すなわち、政治からも詩からも徐々に遠くなり、自己の存在そのものと向き合うほかなくなる状況が色濃くなる。「地獄」というものが次第に顕現されてくるということであるが、ここに新しい表現の生まれる契機がある。ところが、語りは相変わらず「余」の心情を吐露し続ける。悲運を嘆き、思い出を語るばかりである。死を覚悟するに到っても表現の質は変わらない。そして、いわば真理の冷たさに触れないまま、「余」は突然放免され、しかも友や花嫁、鶯にも迎えられている。この結末は何かお伽噺めいていて冒険か修行を終えた若者を眷属挙げて迎える賑々しさがある。通過儀礼譚或いは結末の見えている地獄巡りのようで、具体的にこれといった類似の話をあげなくても、伝来の様式が介入していると察せられる。

一方シヨンの囚人は、「私を愛してくれた者たちは／ひとり残らず葬られた。／いまや私にはこの大地が／広い監獄でしかなかった。」と言い、「自由の身となったとき、ため息をついた」。バイロンは解き放たれていない。捕えて放さぬものの存在と対峙し或いはその深みの渕で耐えている。新たな解放を求めて旅立つほかはないのである。それに比べ、「余」の方はこのまま終わってしまいそうである。そうなればもう行く先はない。苦渋や絶望を克服する営みの中に新しい表現の可能性を求めていたのに、である。

特に「大赦の大慈を感謝せり」の一行については様々な評価が行われていることであろう。思想的また政治的な観点からの位置づけに関心がある向きには、絶好の題材となるはずである。しかし、この一行には思わず書いてしまったという趣が強い。冒頭に「曾て誤つて法を破り」と書いたとき既に、対句のように予感されていたのではないだろうか。書割的解決と言うのが適切でないなら、コンテクストの要求とでも言おうか。要は作品に書かされてしまった一行である。

しかし伝来の様式というなら、まず語り口について取りあげるべきだろう。一人称で語り抜いて作品の統一感を保障し、つまりは「小説に似て居る」言葉遣いを詩として可能にしているその語り口についてである。北原白秋はその著『明治大正詩史概観』で「透谷の文章は眞率激烈の英氣で貫いてはゐたが、この種のものとして陥り易い語韻の生硬と漢文調の古臭とを脱するには到らなかった」と書いているが、この『楚囚之詩』にも、その「英氣」と「生硬」「古臭」との葛藤が読みとれるのである。

この作品が、詩人が詩業を企てるにあたって表明した志そのものであると「自序」に説得されれば、「漢文調」であることに納得する。詩は志なり、である。古き皮袋に新しき酒を満たすのか、と読み始めれば、そこには「英氣」の支配が感じられる。牢獄にあって時空を駆けること自在で、想像力は伸びやか、次第にある種の調子となって現れてくる。熱を帯び、読む者を惹き込んでいく調べとも言うべきリズム。これがこの作品の魅力であることに間違いはないが、同時に慨嘆が過ぎないかと不審も生まれてくる頃、突如蝙蝠が闖入。以後、僥倖に再び会わんとの期待が先行して想像も概念化していくこととなる。鶯の登場ともなれば、語りは急ぎがちとなるだろう。大団円への着地が用意されるわけである。

この失速は、漢文調に拠った結果であるといえるだろう。だがその場合、「生硬」「古臭」に優性を与えたのは詩人自身であることを忘れてはならない。図らずも生まれた新しい調べを畏れているのである。措辞の新基軸を五七や七五、またその変形の音数定型に求めることなく、漢文調自由律の文体に拠ったところ、それが意図を超える効果を発揮した。無論方法として自覚していたのであろうが、伏在していたリズムを顕現させること、予想以上であった。そしてこれを、詩人が嫌ったのである。こんなに自我が出てきてしまってよいのか、このまま則を超えて果たして救済を求めることができるのかと、考え込む詩人の姿が見えてくるようではないか。思想が調子に引きずられてしまう、と抑制の必要を感じた途端を因襲がつけこんだ。

以後の詩作を辿ってみると、様々に結構や文体を試みて、自我を外に向けようとしている。語りかける対象を求め、また語り合いそのものを対象化する苦吟の中には、「露のいのち」のように話し言葉で書かれたものもある。あたかも透谷の魂鎮めの道中、破調をもたらす相手を求め、やがて劇詩『蓬萊曲』において実現を見る止揚の舞台への旅。

『楚囚之詩』が破棄されたのは何故か、その理由はさらに様々な位相から詳細に論ずることが必要だろう。だが、要は表現というものへの厳しさから出たことであり、書くことに対する倫理観の具現なのである。今や「楚囚之詩」を読むことは可能である。作品の持っている力が己を永らえさせている。これが新しい詩であるのかと、まだ誰もいない領土で自問する透谷の姿を認めることができるだろう。

復活した詩人といえば、金子みすゞ。名前をよく聞くようになったと思っていたら、書店に本が並ぶようになり、詩集、童謡集などと種類も増えていた。「みんなちがって、みんないい」のフレーズとともに世代を問わず、周囲に知らぬ者はないという状況である。小学校の国語の教科書に取りあげられていることが大きく影響しているのだろう。件の一行は、ひとり国語科の範疇に止まらず、学校における教育活動の基本を成す考えになりつつあると聞く。殊に、人権意識の涵養をと迫られていた教育関係者にとっては、干天の慈雨のごとき朗報であったと思われる。こんな詩人がいたのだ、と評判にもなるだろう。詩人が再発見されたという話は近頃聞かないから、情報網が隠遁を許さない国でよくもまあと、多くの人が知られざる伝説に出会うときめきを味わったことだろう。

『わたしと小鳥とすずと』（JULA出版局）所収の矢崎節夫の文章によると、明治三十六年山口県に生まれた金子みすゞは、昭和五年二十六歳で世を去るが、その短い生涯に五百篇もの童謡を残したという。雑誌『童話』に投稿した作品を選者であった西條八十が評価し、ロセッティに比したがほとんどの作品は発表されなかった。それを矢崎氏が発見して、全集を編んだのである。

詩人というよりは、童謡作家といった方がいいのかもしれないが、作品を読んでいくとその特徴的な言葉遣いに、時代を突き抜けたものが確かにあると感じられる。

朝やけ小やけだ
大漁だ
大ばいわしの
大漁だ。

はまは祭りの
ようだけど
海のなかでは
何万の
いわしのとむらい
するだろう。

「大漁」という作品で、これは比較的以前から知られていたのだそうである。いわば代表作で、人間の身勝手さを指摘し、小さきものを思いやる徳にあふれた作品と評価されているようである。そのとおりだろう、異論はない。しかし、それにしても変わった言葉遣いである。土地の語感かもしれないが、音数への執着は尋常ではない。七五を重ねる独特の手法で、などと説明する論評が出ているのかもしれないが、特徴を言うならむしろ、舌足らずのような措辞である。これが当時の童謡作法なのかとも思うが、逆に曲がつかなかったのもこのためではないか。最近は曲がつける人が出てきていると聞くが、広まらない。作品集が種々刊行され続ける勢いを考えれば、爆発的にヒットしても不思議ではないのに。相応しい曲が付かないというより、曲を必要としていないのかもしれない。曲から言わせれば、歌うべき何ものかが見えてこないということだろう。既にそれだけリズムに依存していれば十分。むしろ縛られすぎて、作品それぞれにあるべき趣が伝わってこない。考えや理屈を音数律に閉じ込めたような結構で、イメジが動かないのである。思い浮かぶのは書割のような映像。奥行きが感じられないのは、イメジの論理が発展的でないからである。

この傾向は「わたしと小鳥とすずと」でも見られる。

わたしが両手をひろげても、
お空はちっともとべないが、

とべる小鳥はわたしのように、
地面をはやくは走れない。

わたしがからだをゆすっても、
きれいな音はでないけど、
あの鳴るすずはわたしのように
たくさんなうたは知らないよ。

すずと、小鳥と、それからわたし、
みんなちがって、みんないい。

言葉遊びのようで、読み解く面白さを楽しませてくれる。第一節の性急さも好ましいし、第二節も読み返すに耐える。読み流されないようにする工夫がある。謎々のように語が仕掛けられていて、何かまだありそうだと思ってしまう。ここには書くことを重ねた自信がある。であるから読み手としては次の展開を期待するのだが、前の二つの節はためらいもなく、三節めに奉仕してしまうのである。最後の行が初めにあったのではないかと思わせる程の、突然のテーゼ提出。たとえばキャッチコピーとしても、超一級である。世の中を変えてしまう力を持っているのだから。

最近はキャッチコピーが単独で存在するようだ。新聞や電車で見かける広告のほとんどには、気をそそる短い言葉しか書かれていない。ひところはその惹句が生まれた背景や経緯を書いたり、コンセプトを敷衍したりした、メインコピーと言うのであろうか、かなり長い文章が併せて掲載されているのを見かけたものである。だから、キャッチコピー一行には、数十行数百行の背景があると分かったものだ。思いの強さが生み出したのであろう「みんなちがって、みんないい」にはどんな背景があるのだろうと疑問を持つ所以である。詩は、自己の内にそれを秘める。それを奥行きと言うのだろう。天啓のように襲う一行をどう受け入れ、どう意義づけたのかを作品の姿が語るのである。

雷鳴に人々は逃げ惑う
大粒の雨に打たれて
慌てて陸橋を駆け昇って行く
渡良瀬川の岸に濁流が打ち返し
落葉が渦を巻いて流れ

雨に打たれた青柿がころがっている
銀杏は張りめぐらした天の網から
金粉を撒き散らして身を投げる
四方八方から降ってくるのだ

朔太郎が利根川の堤で裾をひるがえし
髪を乱して川風に吹かれている
百舌が飛んできて
肩に止まると鋭く鳴いた
稲はゆれ騒ぐ黄色い波だ

平野に点々と黒い屋敷林が散らばり
砂埃の道がのびている
どこまでも続く一本の荒縄だ

大井康暢の「上州の秋」(「岩礁」一二〇号　所収)の前半である。啓示の新鮮さを失わず、しかも抑制が程よくきいていて、読む者をその天秤の中央に立たせ、スリルと満足感を与えてくれる。続く二連でも、表現を求めてくるコンテクストと詩人側からの発言との折り合いをみごとにつけて、力量が遺憾なく発揮されている。詩人には詩神とさえ渡り合う覚悟が必要なのだと、朔太郎の姿が教えてくれる。詩人は吹きつける言葉を宥め荒縄のように、作品を綯う。

決まり文句、口当たりのよい表現、心地よく人をそそるフレーズ、夢幻や異次元に誘う一行、人は時として麻薬的効果を詩に求める。そうした、つい書いてしまいたくなる一行、コンテクストがせがむ一行に遭遇したとき、詩人にはしかしそうは書くべきでないという倫理もまた、相即的に現れるはずである。そこに、彼の仕事である言葉との葛藤、戦いがあり、だからこそ超克がある。感想や思いつきをそのまま書いたのでは、自分の感受性に対して放埒を許すことにもなってしまう。詩を書くとは、そうした自分を超えようとする行為である。

「みんなちがって、みんないい」に含まれている薬効に、検討が為されるべきである。

本歌取りの精神

古い歌ならなんでもよいというのではない。筆者は懐メロ好きと言われて久しいが、そんなことはない。よい歌を好むのみである。広い世の中である、そういう偏見に悩まされている向きも少なくないだろう。よい歌が残る故のことと、あえて風評に訂正は求めない。消えた歌の方が多いのである。常用している『全音歌謡曲大全集』全五巻には明治十七年から昭和五十六年までの二三五二曲が収められているが、そのもととなったのは『全音歌謡曲全集』全二十一巻ではないかと思っている。その中の一冊、第十二巻を知り合いだったミュージシャンの形見としていただいているが、巻末の広告によれば全巻で四千曲を収めるとある。

そもそもよい歌は古いとは感じない。懐メロなどという言い方は、歌よりも思い出が大切という、歌を道具化する考え方によるものである。歌は歌であり、それ自体に価値がある。演奏されるごとに生まれる作品個別の世界が魅力的であれば、新しいとさえ感じられる。滝廉太郎の「花」を思い浮かべればよい。いつでもその初演の現場を再現し、瑞々しさのうちに高貴な世界が形作られる。歌は演奏されるたびに新しく、しかも様々な生まれ方をすると知る。だから、よい歌はいつも新しい。

古い歌といったら、思い当たるのは『梁塵秘抄』。といっても、これも時代を遡るというだけのことで読み込めば同時代、或いは普遍の香がある。但し歌い方が分からない。次の歌にどんな節がついていたのか、口伝を読み解きたいものだ。

鈴は亮《さや》振る藤太巫女、目より上にぞ鈴は振る、ゆら〱と振上げて、目より下にて鈴振れば、懈怠なりとて、忌忌し、神腹立ちたまふ。

佐佐木信綱校訂『梁塵秘抄』岩波文庫

平成も十七年、ということは美空ひばりが亡くなってから十七年、見事な鈴の振り方で幼くして神のお気に入りとなり、側仕えに召されて既に久しいが、六月は命日の月だというので毎年テレビで特集番組が放送されている。今年は例年に比べてその数が多いようであった。没後何十年の記念という企画はよく聞くが、今年がそういう年でもない。もしかすると、年々彼女を偲ぶ催しが増えているのかもしれない。歌謡曲の世界は流行り廃りが激しいから、一世を風靡したと思ったらいつの間にか忘れられている歌手も多い中、亡くなってからいよいよ人気が高まっている歌手も珍しい。それだけ、人の心を捉えて離さぬものがあるのだろう。まさに戦後の昭和を背負った一人であったと言うべきで、独特の声と唱法に助けられ、今も救われ続けて恩義さえ感じている人もいるに違いない。このことは、歌に救われた経験のある人であれば誰でも、見当のつくことである。三分程の、考えてみれば儚い音組織に勇気を与えられたり、見知らぬ世界を垣間見て経験したことのない心のあり方を感じたりと、その一定時間において心を占めること、他の芸術経験に引けをとることはない。美空ひばりの歌唱が芸術であるかどうかの論議はともかく、多くの人の心が捉えられ続けていることは否定できるものではない。昭和という時代を読み解くひとつの鍵にもなるだろう。

さて、その美空ひばりの一曲といえば何か。「東京キッド」でも「私は街の子」でもない。「リンゴ追分」、「柔」、ましてや晩年の「みだれ髪」や「川の流れのように」など、悪くないね、くらいである。星の数程ある彼女のヒット曲の中でひときわ異彩を放ち、他の持ち歌全部をまとめて秤にかけてもまだ釣り合わない程の一曲ではないかと考えているのが、次の歌である。

一　笛にうかれて　逆立ちすれば
山が見えます　ふるさとの
わたしゃ孤児《みなしご》　街道ぐらし
ながれながれの　越後獅子

西条八十作詞、万城目正作曲「越後獅子の唄」、というと何やら歌謡ショーの司会めくが、昭和二十六年の松竹映画「とんぼ返り道中」の主題歌だそうである。他の歌とどこが違うのかといえば、その第一行「笛にうかれて逆立ちすれば」から既に人の心を捉える魅力十分であるが、二節、三節と進むにつれてますます惹きこまれるので、最後の四節まで、前述の全音楽譜出版社の『全音歌謡曲大全集２』から引用を続けることとする。周知の歌ではあるが。

二　今日も今日とて　親方さんに
芸がまずいと　叱られて
撥でぶたれて　空見上げれば
泣いているよな　昼の月

三　うつや太鼓の　音さえ悲し
雁が啼く啼く　城下町
暮れて恋しい　宿屋の灯
遠く眺めて　ひと踊り

四　ところ変れど　変らぬものは
人の情の　袖時雨
ぬれて涙で　おさらばさらば
花に消えゆく　旅の獅子

書き写していて思うのは、歴史的仮名遣いと旧字体で書けばもっと落ち着くのではないかということである。読んでいて、旧仮名で振り仮名を思い浮かべていることに気づく。おそらく原稿はそのようであったに違いないし、発表された頃はそのようになっていただろう。ということは、美空ひばりも旧仮名、旧字で歌っていたのだろうか。いや、「現代かなづかい」は昭和二十一年十一月の内閣告示であり、漢字の簡略化は戦前から行われている。この歌が出た頃旧仮名を常用している年齢ならともかく、彼女はデビューしたばかり、十四歳の幼き歌姫であった。昭和二十二年に出された「学習指導要領」は「試案」とされたが、国語のところを見ると漢字は旧字体ながら、現代仮名遣いで書かれている。学校では逸早く仮名遣いの変更に取り組んだことだろう。すなわち彼女は、現代仮名遣いの感覚で歌っていたと考えられるのだ。戦後の申し子というなら、このことである。

万城目正の旋律にしても同じことが言えるかもしれない。巧みに和風を模して時代劇の雰囲気を醸しだしているが、スリーコードで見事に処理できてしまう洋楽発想のメロディーである。また、間奏部に出てくる軽業のお囃子も、和音をつけないという技を用いそれと気づかせない。

ついでにいうと、この和音をつけないという編曲法は今や常道であるが、「君が代」のそれに由来していることになる。「君が代」は始めと終わりの音がドではなく、レであるのは周知のとおり。西洋の音階ではなく、雅楽壱越調の音階である。明治十三年、編曲に当たったフランツ・エッケルトは始めと終わりのそれぞれ二小節程に西洋の和声が適用できないことに気づき、悩んだ末かどうかは分からないが、和音をつけずユニゾンとすることでこの課題を解決した。全声部が同じ節で始め、「千代に八千代に」から和音がついて突然荘重な響きとなり、最後はまた全声部同じ節を奏するに戻っていわば統一感を出しているところから、一方で巧みな編曲であるとの誉れ高いが、かつ他方では安易な処理が生んだ偶然の効果であるとの評もある由である。しかし、この発見は後の世に相当な影響を与えているようである。因果関係を断定することはできないが、たとえばプッチーニの歌劇「トゥーランドット」。中国の姫であるトゥーランドットが出てくるときに演奏される旋律は、あの「夕焼け小焼け」に似て印象的であるが、東洋の神秘をアピールせんとばかりにユニゾンで書かれている。スコアを見れば、確かに弦楽器群を中心に厚い和声処理がびっしりと施されているものの、聴いてみればそれは背景にすぎず、「山のお寺の鐘」の部分と同じ節が壮大に鳴り響く。「東天紅」という歌詞がついた中国の古謡の引用だそうである。

因みに、この歌劇は一九二六年初演、日本でいえば昭和の始まり、ジャズも入ってきている。話を戻せば、当時はジャズでもクラシックでも旧仮名でやっていたのである。進歩的な思想も。したがって、「越後獅子の唄」の旋律の方は編曲も伴奏者もいわば旧仮名でやっていたのであろう。そのアンバランスが聞こえてくるような気がしないだろうか、無垢な少女の声に。あの声で「泣いているよな昼の月」と歌われて心を動かされない人はいないだろう。今に残る録音はタイムマシンの如く、まことに貴重というべきである。

しかし、この歌の強さは別のところにある。旅芸人が心を述べる歌、と言ってもまだ子供故に世間の気を惹くことができる、そこに存在理由を見いだすしかない悲しさが基調となり、歌っている美空ひばりがその年頃であることも手伝って、なんとも健気であり、社会的位置の辛さを伝えて余りある。一節では境遇を、二節、三節では日常を具体的に獅子が語り、そして四節では少しよいことでもあったのであろうか、何か見物人との機微に触れるエピソードを想像させる。よくできた歌であると締めくくりたいところであるが、そうすると最後の行はどういうことになるのかという疑問が残ってしまう。「花に消えゆく旅の獅子」と、これは獅子が述べているのではない。旅立つ獅子へのオマージュである。せめて「花に消え行く」と舞台を設えて見送る風情であるが、これを、ここにも止まれない芸人の本質を表現する見事な一行であるなどと、物分りよさそうに称賛して済ませようとすれば、どこからか撥が飛んできそうである。読み方にも芸があるだろう、仕掛けが見えないのか、と。なるほどその一行が作品全体を映し出す鏡になっている。一節から見直していくと、別の色合いに染まっていく、そんな結構。

そう言えば、西条八十であった。作品の強化にぬかりはないのである。たとえば最後の行を「明日はいずこか旅をゆく」とでもすれば、獅子の述懐として完結するわけである。そのようにすると一見、始めの行に戻る円環構造ができそうであるが、そのようにしていないところに意義がある。気づくべきは、四節の語りの両義的性格、つまり獅子が述べているように思っていたところ、いつの間にか別の語りが登場していたという、最終行へ向かっての語りの変調である。「笛にうかれて逆立ち」するというアイロニックな始まり方に暗示される一日のあり方、明るく始まったものの、やがては辛く、日暮れにはせいぜい見送ってもらうのみ、そしてまた屈託のない一日を始めてしまう。次の宿場でも、またその次の宿場でもと思わせる、まことに巧みな構造である。

それでは別の語りとは誰であるのか。獅子を見送っている詩人その人の姿を想像しないまでも、そうした視線があると感じるのはごく自然な読み方であろう。ここに獅子と詩人、見る側と見られる側という構図ができてくるのだが、しかしこの関係性は発展を含んでいる。その語りがグラデーションのように徐々に立ち現れる中で、獅子の姿が詩人格と重ねられてくることに気づく。そうすると獅子である詩人を見送るのはまた別の語りだということになる。それを、読み手や歌い手の視線であり声であると受けとめるのもまた、当然の仕儀である。歌謡という芸能様式が世に行われているのである。はやり歌であろうとなかろうと、私たちはこのとき語りとしかいえない響きを、詩作品の奥から響いてくる言葉そのものが語る声を聴いているのである。

このようにしてよくよく読みこんでくるとこの作品には、詩人の分裂の感覚が内在していることに気づく。表現の端々に読み取れるふるさとの喪失が、まさに詩人のテーマとして現前する。存在に対する不安、超越するものへの憧れ、芸術への愛憎などなど普遍の思い満載である。すなわちこのようにして、逆説的に伝統を探っている。この歌を詩人論として見る所以である。

作品構造の強さはこれに由来する。今に歌い継がれているわけがここにある。多くの歌い手が挑戦し、これからも試みるであろう。しかし、お気の毒一辺倒の、お涙頂戴式の表現では誰も満足しない。深いところの声が語り出さない。晩年の美空ひばりとて同じであった。当時の録音は余分な解釈がないデビューの頃の、いわば存在が歌そのものであった時代であればこその説得力を伝えている。

故郷の喪失は、言わずと知れた日本近代文学の主題であり、逆に言えば創作の源泉である。アイデンティティの喪失とでも言えば、この歌の生まれた時代の状況がそうしたものであり、そもそも様式をではなく、その喪失を輸入してしまった文学はさらに切実である。詩人に旅は付き物である。

ところで、竹久夢二であれば越後獅子を次のように書く。

角兵衛獅子のかなしさは
親が太鼓うちゃ子がおどる。
股のしたから峠をみれば
もしや越後の山かとおもひ

泣いてたもれなともどもに。
角兵衛獅子の身のつらさ。
輪廻はめぐる小車の
蜻蛉がへりの日もくれて
旅籠《やど》をとろにも銭はなし
あひの土山あめがふる。

大正二年の『どんたく』に収められた一篇「越後獅子」である。西条八十の作品を遡ることおよそ四十年、それだけの時を経ているが、両者の類似性に疑いを差し挟む余地はない。関連があるのだろうと言うよりは、これが本歌である可能性が高い。流行歌の世界で換骨奪胎は珍しくない。数年に一度は藤村や晩翠の世界がダイジェスト版で甦り、そこそこの人気を得る。しかしこの二つの作品はむしろ逆の関係であるところの、おそらくは本歌取り。これだけ道具立てが似ていても、全然違うものだとの印象が強い。題材は同じでも、テーマと構造は全然別物である。

八十の作品が時代劇映画のためのものであり、おそらくは江戸時代の出来事とされているのに比べ、夢二の作品は同時代、明治か大正の設定である。詩の次のページが絵になっていて、見物人は髷を結っていないし、背景の建物は洋風建築のようである。越後獅子の歴史に詳しくはないが、箏曲や長唄のタイトルにその名があるから江戸期からあったのは確かだろう。それこそプッチーニの「蝶々夫人」に引用されていることを思い出すが、大正期まで活動していたのであろうか。或いは思い出であれば明治期、悲しみのフィルターを通して獅子の様子が描かれている。七五、五七に破調を取り混ぜ、即興的な仕上がりで味わい深い。しかし、目の前の獅子をあくまで見守ることで時代を抉ろうとする結果的な意図にも関わらず、「泣いてたもれな」と読者に呼びかけたことが獅子を対象として突き放すこととなってしまっている。読み手に、自分もそういう状況かもしれないと、いわば獅子の立場に立たせる構造はない。八十の作品には、読み手を獅子の立場に立たせ、さらに送る側にも立たせて、また次の宿場に行くのだなあと、延々と旅が続くことを想像させる構造がある。また、歌うたびに次の獅子が来たと思わせる効果も併せ持っているそのフォルムからは時代が透けて見えてくる。詩人や詩そのものを歌うことで喪失感を招来し、詩作品を可能にしようとしたそのフィクショナルな結構からである。

この作品構造の違いを単なる詩精神の個別的な顕現と見るのみでよいのだろうか。人によって書き方が違うというレベルの問題かということである。夢二は『どんたく』の作品を「わが少年の日のいとしき小唄なり」と書いているが、その素朴な小唄が四十年の時を経て複雑な内部構造を持つ佳篇に結実した、と言ってみたくなる。八十の歌が大いに流行り、それから五十年を経た今も受け入れられている事実に何か時代の、或いは文学的要請が隠れているのではないかと思うのである。美空ひばりの当時の歌がすべて命脈を永らえているわけではない。

このように見てくると、夢二にも何か下敷きがあったのではないかと思えてくるが、行き当たるのは、たとえば次の一行である。

おさらバさらバいざさらバ　再び會ハぬ暇乞ひ

夢二を遡ること三十年、明治十五年に刊行された『新體詩抄』から「高僧ウルゼーの詩」の書き出しである。この一行が夢二を飛び越して、直接八十の詞に影響を及ぼしているのか。「おさらばさらば」なんてどこにでもある言い回しなのだから無意味だと責められるを覚悟のうえで、穿鑿することとする。丶山《ちゅざん》仙士こと外山正一の翻訳になるこの作品は、次のようである。

おさらバさらバいざさらバ　再び會ハぬ暇乞ひ
榮誉に永く別るべし　人の習ハ皆都て
利運の端の芽出しなバ　八重咲きにほふ花盛り
位に位重なりて　榮曜榮華を極むれバ
愚な胸に思ふ様　運命強く願かなひ
天にも登る龍なりと　悦びいさむをろかさよ
冬やヽ深く置く霜の　情け用捨も荒野原
根までを枯らす霜枯に　運極ハまりて身の堕落
見るも愍れな有様ハ　我が今日の身の上ぞ
永の年月心なく　名誉の海に浮べるハ
浮袋にてうか〳〵と　游ぐ童子に異ならず
丈の立たざる淵に入り　飽まで強き我が意地も
こらへをふせず張り裂けて　労れハてたる精神に
忠を盡して年寄れる　其の甲斐もなく今ハはや
身の零落に涙川　水屑とこそハ成るべけれ
浮世の虚飾や譽れ程　忌むべき物ハあらずかし

今に至りて我が胸に　初めて悟る所あり
廣き世界の其内で　王者の機嫌取り取りに
此世を渡る男ほど　憐むべきハ無きぞかし
願ふ所ハ其笑顔　恐るゝ所ハ其不興
彼と是との氣がねして　憂さ恐怖さの數々ハ
軍するより尚ほ多し　女子の機嫌取るに増す
遂に零落する時ハ　天より落るルシファなり
再び浮ぶ瀬ハあらず

シェークスピアの「ヘンリー八世」から引かれたこの作品は、書き出しの前に置かれたいわば詞書によれば、

此篇ハ高倫ウルゼー初め王の寵愛を得て大權を握り威を海内に振ひ其富王室に劣らざるに至りしも忽ち王の意に戻り官職を奪ハれ所有を沒収せられたる時世運の定まりなきを嘆息する所にして頗る有名の作なり

であり無論、越後獅子との直接の関連はない。しかし、その道具立てには注目を強いるものがある。一行目のほか、「人の習ハ皆都て」、「身の零落に涙川」、「王者の機嫌取り取りに」など、何やら親方の顔色を見て過ごす獅子が思い浮かんでくる。全体の結構も「定まりなき」身を歌うことにおいて共通している。「水屑とこそハ成るべけれ」、「再び浮ぶ瀬ハあらず」など、大いに思わせぶりである。八十の作品の、遥かな源流なのかもしれないと思い込んでしまう。

無論これは強引な読み方であって、そんなこともあるかもしれないといった程度の参考事項として処理される可能性の方が強い。しかし、「新体詩抄」は版を重ねたのである。類似の書も出る程の、一種のブームであったらしい。蒲原有明が愛読したと、その様子を書いている由である。『天地有情』に傾倒した西条八十が読んでいないことはないだろう。

評論家の吉田秀和は、その著『ソロモンの歌』所収の同名のエッセイに、次のようなエピグラフを掲げている。

かつて起ったこと、それはこれから起るだろうものと正に同じだ。人間がかつてやってきたもの、それは彼らがこれからもやるだろうことにほかならない。

ソロモン

旧約聖書に見えている言葉、天の下新しきものは無し、であろうか、確かにこの世に見たことのないものが忽然と現れることはない。相当に目新しいものでも大抵は見当がつくものだ。以前からあった物を、組み合わせを工夫してこれまでなかった物のように見せているのである。見る側も、それまでにあった物の延長であることが判れば納得する。だから、まったく新しいものだと思わせるには、作り手の構想と技術に独自性が求められる。「伝統と個性」といえば、エリオットの領分になってしまうが、本歌取りと言ったり、エコーと言ったり、詩の世界では実作上の技法として問題が立てられ、発展的に解決が図られているのは周知のとおりである。だが、過去の作品が詩人の感性に溶解してしまえば、具体的な影響関係は判然としなくなる。遥かな、幽かな源流として見当をつけるのみである。

『新体詩抄』といえば泣く子もだまる日本現代詩の先祖であるが、現在の評判はあまりよくない。進化論の応用にすぎないとか、富国強兵策の具であるとか、なにより作品の出来がよくないとか、と批判されることの方が多いようである。しかし、明治維新の新しき世にあって、新しきものを作り出そうとした志と実践には、積極的な評価が行われてよいのではないか。というのは、作者たちの詩作への認識についてあまり語られていないからである。興味深いことに、ある面でここでも本歌取り的な方法が採られていると考えられ、そのことを視点にして考えていくと、『詩抄』の意義が見えてくるのである。と言えば、『新体詩抄』に三つの序があることだろうと思い当たる向きも多いと思う。巽軒井上哲次郎による漢文、尚今矢田部良吉による漢文書き下し調、、山仙士外山正一による戯作調であるが、複数の序ということで時代をさらに遡れば、『古今和歌集』に行き当たる。いや、遡らなくても仮名序と真名序とを持つ『古今』が思い浮かんでしまう。そしてそれら『古今』、『詩抄』のいずれもが新しき世に新しき作物を生み出そうとする営みであることに気づく。

紀貫之が召し出され、歌集を編むように命じられた延喜五年、西暦で九百五年は、遣唐使が廃止されてほぼ十年の後、いわゆる国風文化醸成への気運が徐々に高まっていた頃であろう。同時代に「伊勢物語」が成立し、この後「土佐日記」、「蜻蛉日記」、「宇津保物語」、「落窪物語」とお馴染みの物語が続き、百年後には「源氏物語」が書かれるという見取図である。「古今和歌集」がそれらの出発点であるかのように思われるのは、まずはその仮名による表記にあることは言うまでもない。「万葉集」とは違ったその仮名遣いで書かれた巻頭の一首によるところが大きいのではないだろうか。

年の内に春はきにけりひととせをこぞとやいはんことしとやいはん（注）

巻第一春哥上、「ふるとしに春たちける日よめる」と書き添えられたこの在原元方の作は、祝祭的な気分を伝えて何度でも読ませる力を持っている。既に春は来ているとの認識、漢文文化の中にも既に新しき光は差しているではないかとの言立てではないか。そこに、「春たちける日よめる」紀貫之の

袖ひぢてむすびし水のこほれるを春立つけふの風やとくらん

が続くのであるから、勅撰によるやまと歌の集成、豪華絢爛国風文化の拠り所、新しき世を支える新しき歌の始まりといったところである。

では『新体詩抄』はどうか。前述したように、「何度も版を重ね、津々浦々に行きわたり、類似の試みが繰り返された」（山本健吉『日本近代詩の歴史』）のである。巻末で水屋主人幹文が記したように、「長歌」の「すたれたるを起こしてかゝる新代の風をうたひ出バや」という志は流布したといってよいだろう。さらに、「此道に妙なる人の出来たらんにハ実にことだまの幸ハふ國の手ぶりも著くはた海外の人も聞つたへてなどか彼の言葉にうつさゝらん」という憶測も、行われるようになっている。アイデンティティの基盤を言葉に求め、自己の姿をひたすら磨いてほぼ千年、今度は世界の中での自己像を求めたのである。

とりあえず思い浮かべる両者の印象からも、いずれもが国というものを意識せざるを得な

かった時代の動きであると把握される。それらが内向きであったか、それとも外向きであったかは、単純には言えないが、外圧の中での自意識の確認であるとは言えるだろう。歌であり詩であろうとする作品群を支える序が複数置かれ、しかも漢文体といわば国風体によっているという両者の姿に、事の複雑さと共通点を見いだすものである。近年の詩集に序を見いだすことがあるだろうか。現下そのようなことがあれば、特別な意図を即座に感じるであろう。序を必要とする時代、状況があると知る。

ところで、国風の『古今集』に漢文の序があるのも不思議な気がするが、諸書の解説によれば上奏文であり、これはあって当然、むしろ仮名序の存在が特徴なのである。紀淑望の作と伝えられるこの真名序は、その内容から見て決して独創的なものではないとのことである。むしろ当時の歌論の集大成を目指したのであろう。そんなところから仮名序の下書き的であるとの論が出てくるのであろうが、やはり紀貫之が筆を振るった仮名序が目立つ。しなやかに歌の世界を広げるには、仮名で書くことが必要であったと合点する。「歌よみは下手こそよけれ天地の動き出してたまるものかは」と江戸の狂歌に取りあげられるくらいであるから相当に流布し、また権威を持っていたわけであるが、一方真名序がどう受け止められていたのかについては、想像を馳せるのみである。言えることは、今に至る仮名序の隆盛を見れば、真名序があるということなど意外であるようにさえ感じられるが、逆にそれがあることで落ち着きもするということである。双子のように生まれた序が、一方は新しい書き方で世に広く浸透し、かつ一方は正書法によって新しき世の招来を試みる。華やかさと静けさ、両者相俟っての一書の佇まいに先達の手堅さを感じるのである。千年を経てなお読み続けられているのもむべなるかな、もっとも伝本により真名序は、先頭に置かれたり、巻末であったり、またそれを欠くものもある由である。どの形が正しいかという論議は一領域を形成すると想定されるが、それはここでの関心事ではない。『古今』の序がふたつ、普く知られているということが肝心なのである。

さて、『詩抄』の方は漢文のものをはじめに置いているが、三つの序は『古今』におけるふたつの序の関係を念頭においているのであろうか。少し内容に立ち入ってみることにする。

まず、『古今集』を見ると、仮名序は有名な

　やまとうたは、ひとのこゝろをたねとして、よろづのことの葉とぞなれりける。

で始まり、六歌仙を引き合いに出して「こころ、ことば、さま」という視点から、歌の理想を方向づけている。因みに真名序のはじめの部分を引いてみる。次のようである。

夫和歌者。託其根於心地。發其華於詞林者也。

（それ和歌は、その根を心地に託《つ》け、其の華を詞林に發《ひら》くものなり）

趣くところ仮名序に似て、六歌仙を評していくのも同じ。「こころ、ことば、さま」に対しては「情、詞、體」であり、歌論部分は概ね同意と見てとれるが、『續萬葉集』との位置づけを仄めかすなど、一書成立の経緯に重きが置かれているように思われる。この微妙な差異は、結びの部分によく現れている。真名序では、

適遇和哥之中興。以樂吾道之再昌。磋乎人丸既沒。和哥不在斯哉。

（適《たまたま》和歌の中興に遇いて、以ちて吾が道の再び昌《さか》りなることを樂しむ。嗟呼《ああ》、人麻呂既に沒したれども、和歌斯にあらずや）

と、弘仁・貞観の「文章経国」がもたらした唐風の文化からの脱却、漢文隆盛の、いわば国風

暗黒時代から抜け出せるという喜びが見て取れる如くであるが、その当のことを漢文で書くのである。その書きぶりは控えめの印象を与える。

一方、仮名序は発展的であり、

うたのさまをしり、ことの心をえたらん人は、おほぞらの月をみるがごとくに、いにしへをあふぎて、いまをこひざらめかも。

と自信たっぷりである。そうならぬはずがないと、この辺は前に引いた『新体詩抄』の水屋主人の思惑と響きあうものがある。となると、巽軒居士井上哲次郎の

夫レ明治ノ歌ハ、明治ノ歌ナルベシ、古歌ナルベカラズ、日本ノ詩ハ日本ノ詩ナルベシ、漢詩ナルベカラズ、是レ新體ノ詩ノ作ル所以ナリ

という宣言が当然のように思い浮かぶが、この自信の程は故無しとしない。久米幹文のお墨付きがここに生きているという印象は強い。そのことは否定できないだろう。真の新しきものは伝統より出る、と『新体詩抄』前途洋々の晴れがましさ。

とはいえこの部分はまた、問題も含んでいる。というのはこの部分が総序ではなく、集中井上訳の「玉の緒の歌」の前に置かれた文章の一節であり、引いた部分の前では外山、谷田部の詩作を批判し、自分の方がよほど進んでいると言いきっているのである。すなわち、

二君ハ韻ヲ蹈マズ余ハ試ニ韻ヲ蹈ム、是レ其差ナリ

と言い、それが自分の試作であり、それこそが新体詩だ、と言っているのである。引いた部分に続けて、

若シ夫レ押韻ノ法、用語ノ格等ハ、次第ニ改良スベキノミ、一時ニ爲スベカラズ、看官幸ニ之ヲ諒察セヨ

と述べて、あたかもイニシアチブを取りにいっているかのようである。三人の関係や如何にと心騒ぐところであるが果たして、総序の一番目には井上作の漢文によるものが置かれ、谷田部良吉の漢文書き下し調、外山正一の戯作風と続いている。いずれも、中ほどの部分を引いてみる。

後入大學。學泰西之詩。其短者雖似我短歌。而其長者至幾十卷。非我長歌之所能企及也。且夫泰西之詩。隨世而變。故今之詩。用今之語。周到精緻。使人翫読不倦。

敢テ世道ノ衰頽ヲ憂ヒテ之ヲ挽回セントスルガ如キ大事ヲ圖ルニ非ズ唯頃者同志一二名ト相謀リ我邦人ノ従来平常ノ語ヲ用ヒテ詩歌ヲ作ルヿ少ナキヲ嘆シ西洋ノ風ニ模倣シテ一種新体ノ詩ヲ作リ出セリ

甚だ無禮なる申分かハ知らねども三十一文字や川柳等の如き鳴方にて能く鳴り盡すことの出來る思想ハ、線香烟火か流星位の思に過ぎるべし、少しく連續したる思想、内にありて、鳴らんとするときハ固より斯く簡短なる鳴方にて満足するものにあらず

ひとつのまとまった考えを三体で書き著そうと打合せた気配は読み取れない。三つの全文にあたってみれば、その様子が推察される。むしろ、それぞれ我こそが魁なりと他を圧倒すべく、各々の橋頭堡で嘯く姿が目に見えるようである。

その反面、引いたところを併せ読んでみると、三者が補完しあってひとつの運動となってい

るようにも思われる。『古今和歌集』風にまとめてみれば、「思想、語、体」となるだろう。詩に、明治の思想を盛り込もうとしていたことで一致しているのである。平常の語を用いた長い詩を作り始めるのだ、という矜持が伝わってくる思いがする。理想に燃えている詩心、日本近代詩の早春である。谷田部の言う、「鬼神ヲ泣カシムルノ詩ヲ賦シ出スニ至ラザランヿヲ此編ヲ讀ム者須ク此ヲ諒」せよという思いは共通したものであっただろう。とすれば、その困難もまた共通である。井上は早先程の「助言」で、「新體ノ詩ヲ作ラント欲セシト雖モ、其容易ノ業ナラザルヲ慮リ、先ツ和漢古今ノ詩歌文章ヲ學ビ、ソレヨリ漸次ニ新體ノ詩ヲ作ルノ路ヲ爲サントシケル」と言っている。古今東西の詩に学んでいたということが最も実感されるのは、序の次に置かれた「凡例」である。長くなるが引いておく。

一均シク是レ志ヲ言フナリ、而シテ支那ニテハ之ヲ詩ト云ヒ、本邦ニテハ之ヲ歌ト云ヒ、未ダ歌ト詩トヲ總稱スルノ名アルヲ聞カズ、此書ニ載スル所ハ、詩ニアラス、歌ニアラス、而シテ之ヲ詩ト云フハ、泰西ノ「ポエトリー」ト云フ語即チ歌ト詩トヲ總稱スルノ名ニ當ツルノミ、古ヨリイハユル詩ニアラザルナリ、

一和歌ノ長キ者ハ、其体或ハ五七、或ハ七五ナリ、而シテ此書ニ載スル所モ亦七五ナリ、七五ハ七五ト雖モ、古ノ法則ニ拘ハル者ニアラス、且ツ夫レ此外種々ノ新体ヲ求メント欲

ス、故ニ之ヲ新体ト稱スルナリ、
一此書中ノ詩歌皆句ト節トヲ分チテ書キタルハ、西洋ノ詩集ノ例に傚ヘルナリ
一詩歌ノ初メニ往々序言ヲ附スルハ嘗テ新聞雜誌ノ類ニ掲ケタル者ニテ、其事頗ル詩學ニ關係アルヲ以テ復タ之ヲ此ニ掲ケ、敢テ其煩ヲ厭ハス、看官幸ニ之ヲ諒セヨ、

トートロジカルな言い回しは苦衷の響きを生んでさもありなんといったところであるが、反面たいへん実用的な感じもする。ここに作者・編者の考え方が見て取れるだろう。外山が社会学や心理学を、谷田部が植物学を、そして井上が哲学と漢学を専攻する学者であったことを思えば、その進取の意欲を以って新しい試みに取り組み、啓発しながらも進んで批判を受けていこうとする実証精神は当然『新体詩抄』にも発露されるはずである。仮説は三点、思想を盛りこむこと、平常の語を用いること、長篇詩によることである。「鬼神ヲ泣カシムル」方法として知られた古今集序における「心、詞、体」を一歩進めて、遠くの他人にも聞いてもらえる様式を追究することとしたのであった。

すなわち、詩なるものの本質を説き、その興隆を期して構想を述べていること、『古今』がやまと歌の確立を意図した歌論であることに似て、あたかも本歌取りのようである、と一応は

まとめられるが、関心は三人が何故詩を選んだのかということに赴く。いわば他領域の専門家が詩学の革新を図ったのである。意図は那辺にあったのか。外山がその序文の締めくくりを、すなわち総序の締めくくりを

見識高き人たちハ、可咲しなものと笑ハヾ笑へ、諺に云ふ、蓼食ふ虫も好き〳〵なれバ、多くの人の其中にハ、自分極の我等の美擧を賛成する馬鹿なしとせず、安んぞ知らん我等のちんぷんかんの寝言とても遂にハ今日の唐詩の如く人にもてはやさる、ことなきを、穴賢、

と、戯作調いよいよ盛り上げているのを読むにつけ、その根の思い、社会において詩というものが重要である、という一種信念が伝わってくる。それは思想というよりはむしろ彼らの直感であり、衝動のようにも感じられる。詩というものが何故大切なのかというその理由は、読者に任せられているかのようであり、純粋に詩の擁護論となるか、詩が道具であるかは、次の機会にしましょうという風情である。本歌取りとしてその状況を考えていくと、国風文化醸成の気運高まる頃であり、新しき世だったわけである。国の内外に目を向け、思想の網をかけなければならないという鬱勃たるパトスが、言葉という形を求めたのである。詩がその拠り所として捉えられたのは伝統の顕現かもしれないが、学者には歌と漢学に加えて、泰西の言葉という

鏡が一枚加えられたのであった。

そして六十五年、昭和の敗戦。「笛にうかれて」かどうかはともかく、「逆立ち」して故郷の山を見るのである。またしても、国の在り方を見直すことが求められた時代である。壮大な喪失感と楽観とが同居する中で、しかし言葉はアプリオリな理想を具現する具とされ、国の基盤ではなく言わば、社会システムへ奉仕するものへと逆転していく。「越後獅子の唄」は、そのような状況に立つランドマークのように思われるのである。

いや、『古今和歌集』、『新体詩抄』に続くランドマークなら「荒地」だろうという声が聞こえてきそうである。しかし、それならばほかに見なければならない一冊がある。「越後獅子」から半世紀の今年、出たばかりの『宗左近詩集成』、およそ八百頁に及び、ひとつの宇宙を思わせる姿にまず圧倒されるものである。その先頭に置かれているのは、やはりあの『炎える母』であった。

母よ
あなたにこの一巻を
これは

あなたが炎となって
二十二年の
炎えやすい紙でつくった
あなたの墓です
そして
わたしの墓です
生きながら
葬るための
墓です
炎えやまない
あなたとわたしを
もろともに
母よ

「献辞」

筆者が所有している詩集『炎える母』には、昭和四十五年四月購入と書入れがある。詩集を買い始めた頃である。「炎える母」という詩が一篇、タイトルポエムとして収められている詩集だろうと思って求めたのであった。ところが、そのような作品は出てこない。引用した「献辞」を読み返して内容がわかった。一書は連作をまとめた、三百頁余の長編詩だったのである。それも一頁に小さめの字がぎっしりと詰められ、つまり、字が小さく、一行が長く、果てもなく言葉が生まれ続ける。詩では無駄な言葉を省かなければならないということが常識とされ、それが短く書く手法と短絡的に混同され喧伝されていた状況の中にあった筆者には、その膨大さがまず衝撃であった。あまつさえ一語一語が重いのである、読み進めるのさえたいへんなことで、とすれば書き続け、思いを思想にまで高めようとする詩人の営みにははかりしれない苦闘があったのだろうと想像するのみであった。言葉が言葉を生むのであろう。けれど、それにしてもこの長大な言葉の生成の元にある喪失感の重さはどうだろう。なくなってしまったものを補おうとする衝動と、喪失の経緯を辿って説明を試み、納得しようとする努力が、しかし、これで完結しているとは思えない。ある種の儀式へと向かうのではないか、読み返して、あらためてそう実感している。

そして、『縄文』。

花びらの波が揺れている　波の花びらに

星たちの泡が浮いている　泡の星たちに

「夕映え」

この二行だけでも十分である。しかし、続けて読めばもっと読みたくなる。一行の中にすべてがあり、次の一行がまた新たな宇宙を開いて全体像を広げる、そういう作品。言葉の輝きが読むものを捕えて離さない。これを読む者は詩というものを考え直すだろう。詩の論理とは何かをである。音楽に譬えれば、その音。近頃はリズムがよかったり、音程がよかったりするだけで褒められることが多いが、肝心なのは音である。心の中にいつの間にか入り込み、輝きが決して邪魔にならずに、身体を震わせる音。精神を振動で伝えるのが音楽である。詩で言えば言葉の輝き、強さ。詩は誰でも書けるだろうが、ここが一番難しいところで、誰も教えてくれないし、第一あまり話題とならない。方法がないのである。作を重ねれば向上するものとも限らない。この詩人の作品に学ぶ人は多いだろう。『集成』には収められなかった『続縄文』から「湖」の始めの部分を引いておく。

むかしむかし　夜がもっともっと深い闇をもっていたころのお話である
ヒトの数はたいへん少なかった　地面に顔を出している

宝石の数くらいであった　神様たちの数もまたひどく少なかった

一見これが詩なのだろうかと思われるかもしれない。散文のようではないかと。しかし、言葉の届き方がまるで違う。いきなり深いところに入ってくる。言葉の、「詞」の力を様々なフォルムにおいて検証しているうちに見えるようになるのであろう、その輝きが。江戸川のさざなみを見ながら、際限なく変化する光の跳躍に解釈を施さず、自身の中に生まれ来るものを許している姿が見えるようである。言葉との対話なのであろうか。最近の実践を特徴づける「中句集」では次のようになる。

走ってきて止まれなくなっている少年　蛍川

相対死の遠い思い出　月　地球

わたし商売女　花の見とらんもん見とるとです

中には有季定型になってしまっているものもあるので、全体としては無季の句集のようであると理解されるのかもしれない。確かに形式を借りているようではあるが、ここで見落としてはならないのは、短い一行であることの裏づけである。背後から支える力を感じはしないか。よく見れば字数もまちまちであるが、たとえば星がどれも星のように見えるように、どの作品もが中句のように見える。いずれもが詩人の宇宙に生まれ継ぎ、その空間を意義づけ拡張しているのである。力の源泉である星間物質が尽きることはないようだ。詩は短く書くものだとすれば、このようなことを言うのである。凝縮され、したがって長編と同じ力を持つ「体」。巨樹も尖端は若く繊細なのである。空に向かい、寄る辺なさに不安を抱いているし、根の先も同じで、土の固さを鋭敏に感じ取り、進み行く痛みに耐えている。

かくして、詩は何でも歌えるようになった、と言ってよいのであろうか。先達のこうした達成は、むしろ詩の現況に対する、そして言葉の現状に対する警世ではないかと考えてしまう。確かに詩の題材は広がった、書きぶりもである。しかし、深くまで届いているのか。書けるほどのことを書いているにすぎないのではないか。新刊書が隆盛の今日、新しき詩歌とは何の謂ぞと、透谷節を真似てみる。到ることの困難な地点を見失ってしまったのかもしれない。「豊かな日本語復活」などという惹句が市民権を得る程に、この国の言葉は力を失いつつある、急速に。これだけ詩が書かれているにも関わらず、である。

『新体詩抄』を繙き、宗左近氏の詩業と合わせ鏡にして本歌取りというものの奥行きを見る。意匠の革新に見え隠れする、峠への隘路を。

注　古今和歌集は佐伯梅友校注の日本古典文學大系本（岩波書店）によっている。

一読再読三読

小松弘愛詩集『銃剣は茄子の支えになって』

「現代で改良の余地のないものは、自転車とヴァイオリンだ」と作曲家の芥川也寸志が書いていたことを思い出した。謎解きを誘うようなタイトルに惹かれて読み進めていくうちに、銃剣や茄子よりも自転車に乗る詩人の姿が次第に鮮明になり、そのイメジ抜きには読むことができなくなってしまったのである。

と言っても、すべての作品に自転車が登場するわけではない。全二十二篇中、「八岐大蛇」、「雄鶏」、「翡翠」、「夏草」、「焚火の跡」、「手習い」の六篇だけであるが、集中なかほどに位置する「八岐大蛇」の

町中に
孤島のように残された山

その裾にいくつかの水溜まりを作って
未舗装の道が折れ曲がっている
自転車でそこに入って行き

と始まる自転車のイメジャリが他の十六篇に対して強い影響力を発揮していること、まさしく八方に首を擡げ電磁波を放射する如くで、磁場が届いているかと隅々まで視察して回ること怠りない詩人の日々が見えてくる。たとえば二番めの「ひも」。「路地に入る」という書き出しを思い返せば、あれも自転車行の途上かと納得してしまう。またたとえば「ススキの穂」。自転車を停めて秋の野を点検する詩人の姿が思い浮かぶ。

一書の中心を件の六篇のうちの前四編でかためたのは詩人の意図であろう、おそらく。目次を見ると、自転車行のイメジの磁力に頼んで詩集全体を統治しようとしていることがよく分かる。そしてさらに、最後部に「焚火の跡」や「手習い」を置いて磁界を補強する念の入れよう。

まるで詩人が自分の王国を走り回り、検分に精を出しているかのようである。「路地」に入り「山道」を行き、「里山の見晴らしのきく所に立ち」（古代紫）、そして「鏡川」を遡る。ときに職場でのシーンがちらと頭をかすめ、そのときの感慨が道連れとなる。また子どもの頃の心の動きが突然甦って、立ち止まることも。思想の抽き出しをさらうように周囲を確かめ、前方に視線を送る。
「雄鶏」を読んで、詩人の後ろ姿を見送るような思いに駆られるのは、「上流へと分け入って行く」という暗示的な最後の行がこの詩集の前半の終わりにあたっていて、後半の始まりである次の「翡翠」との間に、いわば深みがほの見えるからである。どこで折り返してきたのであろうか、その「翡翠」では既に、「冬枯れの鏡川に沿って十キロほど遡る。その帰り」となっている。何かを見てきたらしい。気になるところであるが無論、詩人にとっても探索の対象であるらしい。二つの作品の間に立ち込める靄の奥に再び向かおうとしている。「更に上流へと遡ってみよう」と、一旦戻って頃合の季節を窺っている。

左右対称に広がり、また時の奥行きが混在するこの王国で、詩人が自在に走らせる自転車とは一体何であるのか。宮殿に向かって草原を駆けていくなら白馬、星々の光を浴びて天を行くなら炎の車と相場は決まっている。ここに自転車を並び立たせようという企てなのである。自転車こそ人類英知の成せる優れもの、詩的営為の乗り物として、未踏の地にも到るも可能であろう。道路と言う現実を行くならこれしかない。そこに神話的色彩を検出しながら不分明の源流にいよいよ焦がれ、思いは募るばかり。

わたしの銃剣は

野菜畑で
そのまま茄子の支えになったかもしれない　　「銃剣」

野菜畑は小高い丘にあったのだろう、銃剣に見立てた樫の棒の上に見えているものがある。ただし茄子の支えは通常十字架状には組まない。たいてい傾いている。だからそこに人はいない。括りつけられている人は見えない。見えてくるのは、鉄兜のようなものである。或いは軍帽、或いは陣笠かもしれない。繰り返して喚起され、生き延びてきたイメジが噴出しそうである。なくなってしまったらしい物、死んだと思しいもの、すなわち痕跡の主の確証を得るには、現場に赴かなければならないのである。自分で。自動車では入れないところがあるのだ。

読み始めて巻頭からその見事な仕事ぶりに感嘆し、なお思う。しかしこれらは書くことのできる世界である。現実というものを逃さぬ、いわば俳句的な世界。練達の詩人にしてみれば、これは地固め、橋頭堡の確保であるのだろう。いまだ書けぬ世界があると、果敢に自転車を駆って、国境を見わたせる丘に向かう。詩的営為の「改良」には余地があるようである。

（花神社　二〇〇三）

有松裕子詩集『擬陽性』

第九を奏いて帰る道すがら、四楽章の中程が鳴り続ける。二重フーガの前、一瞬の静寂の後、弱奏のうちに減和音が積み重ねられるところ。まるでどこまでも昇っていくかのような響きの階梯が出現する。実際には四回、しかしそれは無限の上昇のメタファであり、具現なのである。テレビの中継で、画面をぼかして一種神秘的な効果をねらっていたことを思い出す。それ程にこの部分は宇宙を感じさせる、おそらくは万人に。単にシラーの「星々の上に神は住み賜うべし」という詩につけた曲に止まらない。

というわけで、帰宅して開いた『擬陽性』が次のように始まっていることにある種の衝撃を得た。

「君にも見えるバルタン星」

空の彼方を指さすあなたは
宇宙から帰ってきたばかり

巻頭を飾る「運行」の書き出しである。これもまた宇宙論。バルタン星人というのは聞いたことがあるが、バルタン星というものがあるかどうかは定かでない。ただし巻末の「疾走」の最終連

せめて
どこかにあるウルトラの星よ
雲の割れ目から差し込むわずかな夕映えのなかに
輝け

のウルトラの星は聞いたことがある。

すなわち、宇宙論である一巻がどのような展開を見せてくれるのかという方向に興味は赴く。この点を検討すると、まず、「宇宙から帰ってきたばかり」の「あなた」の追究に手が染められていると気づく。「すいか」では「あなたが吹いた種」について観察し、「いまごろは太陽系

をまわっているころ」と思いを巡らせている。その、「見失ったあなた」を「鏡の中で」「みつけた」(「ゆれる」)りするが、どうやらプルフロック程相棒とは親密でないらしく、それと分かる形では出てこなくなる。作品に少しずつ奥行きが感じられるようになるのは、このことに因っているのであろうが、当然相即的に追究されるであろう「わたし」も出てこなくなると、この傾向はいっそう顕著となる。町を歩いたりドライブしたりと、空間拡張に没頭していくことと なる。一方で、毎日を過ごす部屋に対する関心を深めていくのが印象的である。身辺雑記に似た書きぶりに物があふれ出す。

かくして宇宙論は、「あなた」と「わたし」の隔たりを主軸に据え、それに交叉する軸として日常空間が配されるという構造を呈する。なるほど、前者が色濃くなると方法が目的化し、後者に傾くと日記のようになるというこのあやうさが擬陽性の所以なのであろう。とすれば、どちらが陽性でどちらが陰性か。二つの軸が程よく見え隠れする作品がよいということにもならないだろう。宇宙論の深化やいかに。ほの見える垂直への憧れに、「輝」きへの契機を読む。

バルタン星人は実在し、この日本で既に陽転して多忙な日々をこなしている。未だ愛について語ったのを聞かない。

(思潮社　二〇〇三)

「春眠」の由来 ―― 西川敏之詩集『遠い硝煙』

西川さんは、一日に何篇もの詩を書いているのではないか。日付が付されている作品を見てそう思った。ということは、書き始めると終わりまであっという間、澱みなく進めて、書ききってしまう。行から行への自在な移り方にそのことが感じられる。あたかも、熟練の画家が白い画布に向かって躊躇なく筆を入れ、そのまま描き進めて集中の時を過ごす、その様に似ているかもしれない。描き終えると、もう次の主題を考えていたりして。

収められた二十数篇はそのようにして描かれた、まずは風景画なのである。たとえば「冬の時代」の書き出し、

凍結した風は
とおくの雪を背負い

森を抜けて小枝をふるわせながら
春は遠いと囁く

雄大な太平洋に臨んで灯台のように一人立ち、風と光を観測する日々。季節の移ろいを言葉で出力し、告げてまわる詩人の姿が目に見えるようである。

とはいえ、詩人が描くのは風景画ばかりではない。作品群には「きみ」が見え隠れしている。すなわち「私」や「私たち」もいるわけだ。ここに人物画が見えてくる。何やら、謎めいた人物像、読み込んでいくと「彼」でもあり「我れ我れ」でもあると思えるこの人たちは、一体誰なのか。

あまりうたってはならないね
強く拒否するのもいけないね
我れ我れも
誹謗するものも排除されるものもいなくなって
ただ肌色の花にうすく漂う朝の光

「花の風景はいま……」

誰も受け取らない手紙を今日も書いた
おそらくきみの不在に届いたとしても
それは風に吹かれあるいは新聞紙と一緒に燃やされる

「通信」

などと、どうやら存在することを拒否もできず、本当は存在してほしくない「君」らしい。「いなくなって」、「不在」と書くことで逆に対象を存在させてしまうアイロニカルな表現に、口ごもりたくなる何かの存在が感じられる。
その語られない何かをたとえば、「モノクローム」の次のような部分に求めるのは早計である。

僕たちの日はいま教科書の片隅に写真がでてる
一九六〇年　五月二〇日
国会議事堂に霧のような煙が立ちのぼり
装甲車に立っている君たち　黒い旗がはためく

ここにも何らかの物語があったのであろう。しかしそれもひとつの現われであり、ここでは

「僕たち」である。詩人は人称を攪拌しながら、普遍的な何かを、「私たち」の奥に隠されたものを探っているのである。良心のひとつの在り方が顕現していると言うべきであろう。

そうした詩心の中で季節の光や風が沈黙の鉱脈に届く。すると、たとえば「春眠」という形で溢れ出すのである、言葉の輝きが。集中、突出している所以である。何度でも読みたい。夢と現とが交錯して思いがけない趣が出来するのを許している初連六行と三連七行。間には短い歌が生まれる。

いや、生まれてしまうと言うべきだろうか。

散ってゆく　いつか風たちの輪も　人々の声の輪　鳥たちの小声に語る声の輪　みんな散ってゆく　花とともに

西川敏之詩集『遠い硝煙』跋（岩礁の会　二〇〇四）

山本泰生詩集『三本足』

言葉に助けられるということがある。突然の悲しみや拭うことのできない悩み、また不安に襲われているとき、たとえばラジオから聞こえてきた言葉が辛さを癒し、その切実な局面を打開してくれたりする。心に「入って来る」という言い方を実感することは、珍しくない。そんな時、人は「あの言葉に救われた」と思うのであろう。

そういう経験談を集めれば、『私を救ったあの一言』などという本ができあがる。混迷し、行き詰まったと喧伝されている現下では、その手の需要は絶大ではないだろうか。困難な状況にあるとは言えない人までもが購入に走る、そんな姿が思い浮かぶ。世はあげて癒しがブーム。危機をあらゆる面から予測せよとの管理の奨励も相俟って、我々は、不安の中にいるのである。苦境を想像しながらそれを乗り越えようとシミュレーションをすることに、さて意味があるのかないのか、断言はできない。それも想定だから。

しかし、そのような傾向から、実感というものがなくなっていくことは確かであろう。言わば、マニュアルの世界、人生が材料であれば、これも人生論。これが人生論の現状ということになるのであろう。危機が見えなくなっていると言い換えてもよい。思想的な迷いより、石に躓く方がよほど危ういのに。といって、その時言葉が助けてくれるのかと問い返したくもなるが、そうではなく、言葉は、助けられることを助けるのである。言葉でしか助けられないものがある。言葉でしか入っていけない深みがあり、そこに響きあう何ものかがあるのである。ケストナーの『人生処方詩集』に今のところ、恩恵を被ったことはない。それ程の辛さを経験していないということであろう。

駅からあふれる急ぎ足の群れ
そのなかに
三本足を背広で隠した犬がいれば
それはたぶんぼくだ

巻頭に置かれたタイトルポエム「三本足」、その最後。何故三本足なのかは前の方を読めばわかる。しかし、この四行で十分である。ただただ、このイメジに打たれていたい。

この「入って来る」四行の前では、他の作品は沈黙せざるを得ない。一書に収められた作品がどれも優れた作品であるにもかかわらず、付き過ぎ、或いは説明がちの印象を与え、結局読者は、人生論としての詩はいかにして可能かという難問を読みとる。救済を旨とする人生論と言葉そのものを顕現させる詩とが互いを許しあうかと。そして道具か存在かなどという図式的な詩論に堕ちることなく、言葉が人生を助けるのではなく、人生は言葉そのものなのだと思い至る。フランシス・ポンジュの「かたつむり」を引く。

彼らは土を運び、土を食い、土を排泄する。土が彼らを通り抜ける。彼らが土を通り抜ける。

（『物の味方』阿部弘一訳）

我々もまた言葉にまみれ、言葉を食い、排泄しているである。浄化作用に資すること、彼らほどではないが。

（書肆青樹社　二〇〇三）

陽炎に入る ―― 植木信子詩集『迷宮の祈り』

いわゆる現代詩が何故困難なのか。言うまでもなくそれは、一作ごとに形式を作り出さなければならないからである。いや、形式ならばまだよい。作らねばならないのは、様式だからである。この時代に書かれているものならすべて現代詩と呼べるはずであるが、伝来の定型によるものは対象とせず、新しい形を追究することに存在理由を求めるという諒解が行われている以上、このことは逃れようのないことである。これまでにはなかった内容を盛り込むために、そのことが是非とも必要なのである、と言われれば否定も難しい。確かに、いつの時代でも、時々の「現代詩」がそれぞれの可能性を求めて困難に立ち向かい、むしろその不可能性を糧として達成と解明を積み重ねてきたと、古典が教えてくれる。しかし、「様式の喪失」を輸入してしまった国に生きる私たちの課題は、また格別である。

本詩集がそんな思いを抱かせてくれるのは、冒頭の「わたしの迷宮は」から、詩作の、いわば原形質が露出しているからである。あたかも砂漠の中の岩の群れのように。

砂に石を置いた
純粋な風が吹いて砂に埋める
幸福の概念を破り去って
浜辺につづく白い塔
夕べ彷徨っていたのは青い風
それともわたしの知らない母のかなしみ

旅の途上で生まれる言葉は、それだけで十分に詩的であると納得する。「砂に石を置」くことが一つの儀式となるそのような場所、その石が「純粋な風」に「埋め」られることで何事かの始まりが実現する、そのような状況。異界の中での言葉は既にメタの様相を呈する。故に、旅に詩想を得ようとする試みはひとつの詩的方法として有効なのである。古来、東西その実践に枚挙の遑なく、それが実際の旅であれ、想像上のものであれ、すなわち潜在する様式として詩人に要請されているのである。だから、次の一行が「わたしたちは知らないうちに迷宮に迷い込む」であれば、そこが分かれ道。もう薄暗い時空の混沌に囲まれているのである。この先一層の混乱が招来されてしまっているのは、この一行による。
実際に中東、西アジアという未知の風土に立ったのである。大海のように広がる砂と空に無垢の感受性が戸惑ったのだろう。その途方もない現実になんとか対応しようとして持てる知性を、感性を総動員して、それでどうやら眠っていたものまで出てきてしまったようである。自分自身が未知に染まり、熱風の中に投げ出される。

古代の儀式を踊る
踊り迷宮へ向かう
帰って来るものと来なかったもの
迷宮の中心は自分自身だ
透明な網に縛られたわたしの叫びだ

巡礼のように砂の都市を次々と巡れば、その細道の角々にいたたまれぬ悔いや懐疑の、思わせぶりに逃げていく後姿。読み進めると、喪失感を共にしていることに気づく。地下に巨大な都市の遺構があるのではないか。迷宮はいつしかメタ迷宮の様相を呈して、読者の足下もすくわれそうである。儀式や祭りの痕跡が祭主を求めているのではないか。なるほど途方もない問いかけに襲われたり、我知らぬ答に驚いたり。迷いとは何かを迷っている。

それでわたしは知る
海べの夥しい墓石の群れに
生存の恐ろしさを
その広がる不安が海につづいて入りこむのを

「海に」（部分）

したがって本詩集の二十篇は読む順に注意が求められる。旅の経緯を捉えること。旅程を追って読み込んでこそ、言葉の奔出と混乱を許しているものが存在をほのめかしてくるのだ。救済の予感或いは期待であろうか、畏れの旅を恐れずに踏査して詩人がようやく辿りつく、たとえば「鳥のように」。

あなたの瞳にあるものを吹いてみた
何をしたらいいのかと
愛しきもの　わたしの死海に向かい

巡礼のように静まる詩心、あたかも聖地への到達である。たとえそこが陽炎のようであり、イカロスの羽根のように熔けやすい世界であっても。いやむしろそうした異界の中でこそ、真の姿を開示する現実がある。だからここもまた、仮初めの経由地、迷宮への入り口にすぎない。かくして詩人は旅を続けることとなる。ゆらめく聖地のゆらめく時空を垣間見るだけでもと。

植木信子詩集『迷宮の祈り』跋（岩礁の会　二〇〇四）

奥野祐子詩集『スペクトル』

世の中で一番大きな破壊は、星の爆発である。しかしそれは誰の、何時の世の中のことだ、と反論されそうだが、ほかに答を見つけるのが難しいし、もしそうした一大スペクタクルに立ち会うことでもあれば、すなわち我が身の日常となるのである。宇宙の果てでは、そうした状況が日々発生しているのかもしれない。おいおい、一日なんて概念に普遍性があるのかねという嘲笑とは別に、宇宙の果てとは我々の日常であると相対論が教えている。無論、高名な物理学者の有名な理論ではない、一般的な言葉の理屈である。藤原定家がその日乗『名月記』に記した星雲の発生について、安西均が「名月記」で解明を試みているのは周知の事実、傑作となった。

星一つの質量はたいへんなもので、その重さと量において想像を絶するものがある。小さめの星でも、小分けにして運ぶとなるとそうとう骨が折れそうだ。だから爆発に頼るのである。

八方に旅立つ無数のレジ袋。いや、それは幻、作り話で、何もかもが破壊されるのだから、そんな現実はない。星というものがなくなり、時間や光も、もしかすると言葉もそこでなら、なくなるかもしれない。

さて、しかし、その状態が悲惨なものであるかどうかは分からない。破壊の場に出くわせば、目を覆いたくなるとかなんとかお茶を濁して立ち去るのが常套であるが、こと星になるとそうもいくまい。逃げようとしても、間に合わない。立ち会うことを余儀なくされ、むしろ包み込んでくれるその大きさ。ある種の品のよさが漂いそうである。何しろ、言葉もなくなるのである、個別の破滅的状況など問題でなくなる。至福の経験が可能かもしれない。何回でも味わえるとは思えない、生き残ることはできないのだから。しかし、味わってみたいと思う向きは多いかもしれない。ここに、圧倒的破壊状況の真の怖さがある。

こうした麻酔的、麻薬的な誘惑を対象化して、乗り越えていくために書かれる詩があるようである。と言うより、作者が意図するかどうかはともかく、詩にはひとつの救済装置としてはたらく側面があると言うことであろう。一つの作品が一人の人間を救うことの意義は大きい。詩人の内的危機を、人を呼び止めて声高に語り、時には人の間を叫んで走る、そんな方法においては粗い言葉も必要だろう。だが、その救われるべき一人が、作者である詩人一人であってよいということにはならない。詩の尊厳がそこにある。

その具現に関わるのが詩人の、おそらく唯一の使命である。遙かな星からやって来た光が今届く。爆発や燃焼の過程が我々の日常において終わるのである。空を一瞬染める隕石と同じく。そして、たとえば『スペクトル』分析で姿を変えるというわけである。とすれば、時間も言葉もまた甦る。内的な嵐をどのように解明し変容させるか、この先は技術論となるが、まず創造への態度について考えさせられる。

フリージャズのように繰り出されるようで、その実メロディーを期待する体の措辞。本詩集に収められた作品に馴染んでいくと、あたかもジャズのスタンダード・ナンバーを聴くかのような思いに到る。形式は整っていると見られる。ここに葛藤がある。素朴な、だからこそ強い旋律を発見して読む者を惹きこむかと思えば、それに飽きたらずテンション・コードを与えて突き放してしまう。さらに一段奥のテンション・コードを連続させることも。そのようにして音響を複雑にしながら次第にステージを広げ、エンディングへと高めていく過程を可能にしているのは、なんといっても詩人の、自己の感受性を惜しむことなく解析する姿勢だろう。歌姫が内奥を奉げるステージにもし次のような作品がなかったら、聴衆は賛否二色に単純分析されるだろう。

いつか

きっと
かならず
かえれるのだという　きもち

そらをみているのは
わたしではなく
わたしのなかに　すむ
だれかのひとみ

「ひとみ」（部分）

「きもち」と「ひとみ」とがこんなにも響きあうとは。
シンガーである彼女の中にはまた詩人が住んでいて、二人が一人になることがある。

（西田書店　二〇〇四）

石原武詩集『飛蝗記』

詩集のタイトルがおとなしいと思い始めている。無論、元気で突飛なものも目にするが空元気めいて、それらしい世界があるように見せてそこに自足するといった体のもの、そのような傾向が出てきているように思う。隆盛を極めている環境ジャーナリズムや福祉の論議で多用される惹句と、そう変わらないものもある。詩作品そのものの傾向もまた同様と気づくべきだろうか。そう言えば商業広告のコピーも、最近は何だかパッとしないと思っているのであった。鈍感であることに居直って久しい筆者の心が、動いたことがない。言葉に力がなくなったのか、それとも人にか。新しい風を望む社会の風潮にとは別に、詩はもともと新しさを求めている。みずみずしい杉玉となることを。

そこでこの『飛蝗記』。「ばったき」と読んで、これは新鮮である。読んでみたくなるし、まずタイトルを暫く眺めていたい。あれこれと思いが掻き立てられる。強靱な大腿筋でどこへ飛んでいこうとしているのか、見上げるようなフィギュアの、その眼差しの静けさ。ここには、きっと異系列の思考が存在するに違いない、などと。で、まず集中、中央のタイトルポエム「飛蝗記」。

ゴビの満月
アルタイ山脈が尾を伏せる地平まで
影をひそめる草々の体臭
野に月光が呑まれると
夜明け前の暗黒に天の川が懸かり
星を手から零す神の姿が見えた
（略）
バッタは息を潜めて朝の葉裏にいた

「飛蝗記」（部分）

いきなりゴビ、アルタイ山脈に連れていかれる。しかし、飛んでいくのはそこだけではない。北米インディアンの世界、バビロンの栄華、ロンドンの北、カストロの島等々、読後はあたかも世界文学紀行を終えたかのようである。「飛蝗記」を「ひこうき」と読みたい衝動に駆られるくらいであるが、その実、このバッタは飛ぶどころの状況にはないようだ。「手負い」なのである。読み始めてすぐに「手負いのバッタ」があったと、思い出す。

乞食バッタが跳ねた
雨滴を飛ばして現れた褐色の脚を捕まえ
もがく体の震えを指先に弄んで歩いた

バッタは細い脚先を突き立てて
果敢に抵抗を繰り返した
突然　羽根を羽ばたかせ
捕らわれた脚から全身を毟り取って
草群れに帰っていった

「手負いのバッタ」（部分）

この詩人とバッタの格闘は、欠落の探求として以後の作品に展開されていく。「飛蝗記」もひとつの典型であるが、たとえば「手負いのバッタ」の次に位置する「礫」に見える自宅の庭、もしくは近所の風景の中での解明に自覚の根がある。読者は巧みに生と死が鬩ぎ合う世界に引き入れられ、詩人の連想の赴くままに欠落の表徴を確認させられてしまう。

百舌の礫を見たよ
何十年ぶりかなあ
毎日　海が深くて忘れていた
オヤジのことも
裏藪の百舌の騒ぎも
跳ねた姿のまま礫にされた蛙のことも

「礫」（部分）

とはいえ、なるほど月は遠いと認めればこそ、そこまで飛んでいけるのかとの疑問も湧いてくるというものだ。詩人が実際に出かけたかどうかと関わりなく、作品において飛んでいるのは主として連想であり、とすれば行き着くところは既知の場所だけである。

本詩集に収められた四十五篇の魅力を語ればまずは、その見事なコラージュ。博識を実踏によって裏打ちし、注意深く貼りつけてゆく詩人の手捌きが見えてくるようだ。イメジを貼り交ぜ、重ね具合を調整するに隠し味の行を潜ませたり、作品世界の静謐と運動とを両立させようとして次第に繰り出すその力技。仕上がりを吟味すれば既に、メタファそのものとなっている作物。しかし、さて何の？　という問いがここに生まれる仕掛け。

詩人の豊かな文学的世界の広がりと、ある種の欠落感が拮抗して独自の境地を開示している訳で、緊張の天秤が少しでも傾けばたちまた予定調和の世界への落下。詩はその危うさの枝に刺されているのである。

すでに葉を落とした木々の梢ちかく
枝に刺さった蜥蜴が
夕空に黒々と輪郭を見せている

「磔」（部分）

（花神社　二〇〇四）

相良蒼生夫詩集『都市、思索するペルソナまたは伴走者の狂気』

初めて東京に行ったとき、京成電車が地下に入っていったのには驚いた。上野に向かっていたはずなのに、どうして、どこに行ってしまうのだ、と子供心にある種の恐怖感を抱いたのであった。地下鉄というものがあるとは聞いていたが、この電車がそれであるのだろうか、そういう気配ではないのに。しかし、そんな疑問に関わりなく電車は上野駅に到着。降りれば迷う間もなく人の流れに入ってしまう。活気というよりは躍動感、いや、方向づけられた力の発露、まるでベルトコンベアに乗ったみたいである。一人一人それぞれにその方向に向かう必要があるのだろうし、早足になるわけがあるはずでもある。

しかし、その全体をたとえば俯瞰すれば、血の流れに見えないだろうか。こう言うのも、この旅が胎内巡りを連想させたからである。冥府のようなこの暗さと独特の空気、これが都市の腹腔なのか、と。道路が網のように高次化を目指し、高層建築が高さを競い始めた頃であった。

階段を上がり、陽の光差す所に出れば、天を摩す都市の意志に誰しもが戦きを感じたのではなかったか。血流の微細な成分として自分を感じてしまえば、そこは都市。あたかも人格を持つかのように肥大する幻想を認証し続けるばかりである。

一方、都会という言い方がある。意味に大きな違いはないのだろうが、人同士の関係性が見えるようで、「都市」よりは何ほどか温かく感じられる。システムどおりに動いていても、どうしても出てきてしまう肌感覚のようなもの、傷つけあえば傷口から溢れる生身の思い。「都会」はそそり立つ体の人格を必要としていない。

したがって「都会」に伴走者は要らない、走らないのだから。「都市」だってそれを求めてはいないが、詩人は敢えて走り続けるのである。本書は、一応五編から成っている。初めの作品「わが内なる都市」が六部に分かれ、これだけで全体の半分を占めている。後の四篇が半分を占めるのだから、これらも決して短くはない。計十篇の中篇詩で構成されているとも見える。しかし、作品の質から言うと、というよりは通して読んでの実感で言えば、全体が一篇の長編詩である。おそらく書き下ろしではなく、ある程度の期間に渡って書かれたものであろう。一貫して思索に向かう明確な意志に、まず打たれる。後からついて行くのでもなく、追い抜くのでもなく、横に並んで走り続けることの困難を具現している百数十ページ、千数百行。都市という擬人格に見合う仮面を付け、すなわち対等に渉り合おうとする、本書は愛憎極まるマッチレースの場なのである。
その最中、
私は何かを助け起こした。何かとは「博愛」であった。
「我が内なる都市　V」(部分)

一瞬立ち止まって劇中劇のようなシーン。ようやく一息つくことができるという期待。助け起したものの正体を吟味する余裕もなくそれを「博愛」であると断定して、息を整える場所を探す。

女く
さい香水の匂いがした。疲労困憊した奴を私は背負い、
敵に追われるさまで走る。
「同」(部分)

詩人はそこに止まる意義を見いだしたいのであろう。止まって打ち込むことのできる何事か

を。しかし「博愛」はそれを許さない。

どこに敵の眼はあるか。懸念は危惧に終った。誰も追いか
けては来ず、匿う小公園についたとき、「博愛」は恥し
い姿を衆人に晒したと、私を責める。

「同」（部分）

「元の位置へ修復せよ」というあたかも託宣。「博愛」が相手では従うしかあるまい。詩人は朧なペルソナを再び「背負い走る」。ということは再び伴走に戻るわけである。

内に向けて肥大しけっして展開しない「都市」、一書がまた神話的性格を志向しているのも、そうした都市の特質を踏まえ、氾濫を予知し、防ごうとしているからであると見られる。しかしまたこの現代においてノアとなるなら、と詩人は考える。乗る船は、

古代に　天空までも旅したとされる
石造の舟でなければいけなかった

「石の舟」（部分）

とすれば、「古代の祭祀場から／祭りの日に拝借すればいい」のかもしれない、と。かくして「石であることの重量」を認めつつ、石の舟であればこそ浮くという「逆説」の重みを背負うこととなる。「博愛」とは折り合いがつかなかった末の方途であろう。拝借できる場があるか、貸していただけるかと、気がかりではある。

（銅林社　二〇〇四）

奥重機詩集『囁く鯨』

実際にはどれくらい食べていたのであろうか。思っているほどではないのかもしれない。しかし、記憶の中の昼飯ではいつも噛んでいる。塩辛い鯨のたれ。夏休みだろうか、或いは土曜日、要は学校ではなく家で食べる昼食である。黒々としたそいつを炙って細く裂き、冷や飯に乗せてお湯をざぶざぶとかける。海の香が口いっぱいに広がり、食べ終わったら海岸へ行ってみようと、気もそぞろになるのであった。鯨が見える町に育ったのではないが、毎日午後学校から帰る頃、千倉の方から行商のおばさんが二人で波のように寄せてくるのであった。背負い籠にくっついている海草の切れ端に吹き上がる潮を想像したものである。筆者の身体は、そのようにしてクジラ化したのであった。

大学が水戸だったので、タレは食べられなくなったが、鯨とは別の形で再会した。校門に面した通りに鯨のカツを売る店があると聞き、しかも深夜営業とのことなので、日付の変わる頃行ったら行列ができていた。確かに安くてうまかったが、なんとなく余所余所しさを感じた。その後、学校に就職したら、給食に竜田揚げが出た。素材が鯨だというだけである。

それも最近は出なくなった。国際緊張というものはかく実感されるのかと得心していたら、最近は焼き鳥屋で刺身が出る。これは腑に落ちない。調査捕鯨によるものだと分かり、店も客も粋がって出し、また食べているところは許すにしても、である。切実感がないのである。話の種にでもするのであろう、味は二の次、有難みは三の次くらい。言葉を生もうとして、食べてしまっている。その不甲斐なさ。この先クジラ化する人はまれではないだろうか。

筆者は、だから『囁く鯨』一巻に水を得たのである。繰り返し読んで、腑に落ちていくものの温みを味わっている。グルメではなく、必須栄養素を摂るように。うまい、と感じるのは身体の自然な要求が満たされているのであろう。脳で認識するうまさは、繰り返しがきかない。

二千年まえにも
百年まえにも
そして今日また破壊された男達の神話を
遠い記憶の海に浮べて
私は赤いクロッキーを描く

赤く染まった海
〈ユーファージアの群だ〉
節くれだった男の指先から
残照に翳る氷山に向かって
神話が
また一つ立ち昇っていく
流氷の中で
もがいているのは
鯨ではない
戦場で死んだ兵士の遺品のように
赤錆びた巨船だ

「赤く染まった海」（部分）

南極に行ったことがない者にとっては、そこは想像力が及ばない世界であり、むしろ極北というべきだろう。南であって北であるという、方位の電磁が直結し両極が明滅し、或いは消失する世界なのである。立ちはだかる氷山に視界を凍らせ、噴出する水柱に濡れたことのある詩人の言葉を受け入れる外はない。しかし詩人は丁寧である。出航から航海途上の緊張、そして捕鯨作業の過程へと順を追って導いてくれる。無論こちらは、邪魔をしないからと何度も頭を下げてようやく許された見習いの、そのまた心得のような心持ちであるが、あたかも長期取材者に対するような待遇をもって現場を巡って回る。その臨場感、油の匂いの中で男達の仕事の内実を目撃し、圧倒される。

その切迫した表現から新しい視点が浮上してくる。捕鯨論争の根底に横たわる生存の論理である。まさに巨大なもののせめぎ合いがここにある。想像の南極が祝祭的空間と化すのも、この神話に似た運動の壮大によるものではないだろうか。それが進化の過程で別の途を歩くこととなった地球の子同士が再び出会う儀式であると知れば、怖れを禁じ得ない。紅と白の捻転に、息を飲む。

そう言えば小学生の頃、妙に騒がしい日があった。ヘリコプターが飛び、海の方から風に乗って行進曲が聞こえてきた。あれは、南極観測船宗谷が探検に赴く途中、港に寄ったのであったか或いは捕鯨母船が沖に停泊して見学を誘っていたのであったか。いずれにしても、南極への思いは掻き立てられるばかりであった。逆に、ついには行けないところであろうと、それ以来思っていたのであった。

そして、今はそれが叶う如くである。頼もしい先達のこの一書。くぐもる鯨の囁きに、響きわたる咆哮に、身体が共振する。

（書肆青樹社　二〇〇五）

現在形の神話 ── 大島邦行詩集『KingKong の尾骶骨』への道のり

水戸市南町の坂を下りながら思う、もう駅に着いてしまうなあと。電車に乗るわけではない。街路樹が程々にあって夏には目に染む緑、木漏れ日を楽しむことができ、秋には落葉を踏んで異国にでも行ったかのような気分を味わわせてくれるその坂。古書店があり、喫茶店もあり、歩くという最も安上がりな行動にも意味を感じさせる何とはない親密感があった。もっとも落葉を堪能したければもう少し足を伸ばして城跡ではないかと思われる県庁まで行けばよいし、坂を望むなら道の向こう側だってあるわけだ。しかし、大きな書店があってその前がバスの停留所になっているそちら側は、いつも大勢の人で埋められていて、人通りも多かった。やはり駅に向かって左側がよいのである。実際に歩いてみれば十分とかからない道中が筆者の、いわば思考の小路になっていたのは、なんとも楽屋落ちのようであるが、その切実さにおいて、当時の日々の精神生活の中でも大切な時間であった。

大学からわざわざバスで泉町のあたりまで行って、その日の気分にまかせて降り、歩き始める。駅前で終わる思考実験場の、その途中にジャズでもやっているバーか喫茶店でもあればよい、地下ならなおよい。階段を降りていきたいものだなどと思ったりした。大島邦行氏の作品やエッセイについても、そうした折に随分と考えたものである。同人誌「ＡＡ」に載せられた難解な詩をどう読んだらよいのか。考えあぐねて、その詩を受け入れようかどうしようかと、いわば政治的な判断まで動員し、坂道を行きつ戻りつしたこともある。

新詩集『KingKong の尾骶骨』を送っていただき、これはまあどうしたことかと題名に感心して二、三日眺めていたが、適当な坂道が見つからない。そうか駅に着いてしまったのかと、電車の中で読むこととした。西船橋に用事ができた午後、早めに出かけて北習志野駅の地下に降りる。電車が来るまでの十分、乗ってからの十分、降りてから会議が始まるまでの一時間、駅構内の簡易喫茶店で読み続ける。喧騒の中、人工の造作の中で言葉がどう立ち上がってくるのかと興味は尽きない。

これはひとつの試みである。氏の作品をどう読むか。大島氏の詩集と聴いて身構えない者はないだろう、というのは言いすぎかもしれないが、少なくとも筆者にとってはこうした状況を設定して身構えることが必要である。送っていただいている「白亜紀」での一作一作にはなんとかついていけるが、それらがまとまった詩集ともなればそれまでには予想もしなかった世界が開示されるだろうはずで、余暇に楽しんで読むといった心がけでは到底太刀打ちができない。

このような感慨は氏の第一詩集『海または音叉』に出会ったときから続いている。冒頭の「作品一」の、冒頭を引いてみる。

村の入口
さびしいまどろみへの入口
いつの時代からか
朽ちはてた破船の背後にまどろむ
砂鉄の浜
歌垣の浜
響鳴する音叉の棒の伝説から
ほのぐらい街のねむりをよこぎって
右手に海

まるで、次々に追いかけ寄せてくる波のように行が重ねられ、それらは読み手の理解を拒否するように、息つく間もなく砕け散る。このあと七行あった後、

愛はにくしみを増幅しては
占拠された村の地下深く
混沌とした時間は凝固し
荒磯の砂は化石となった

と、一応決着するまで緊張が強いられる。そうか、化石になったのかと納得するのは、やっとのことで、とりあえずの全体像が見えそうになった安堵感によって、これから読んでいくのは過去の話であり、いわば神話だと察せられるからである。すなわち、否定することのできない世界とそれを構成する要素、そしてそれらの関係性の提示であって、読み手はひたすらに行と行、ディテールの意義を読み解いていくことを強いられるのである。したがって読めたと実感できないところも多く、ただ沖で何者かが苛立ち、怒りの波を送り続けているという印象が強くなる。

集中最後の「作品十三」の冒頭では、

つかのまの燃焼
灰皿の中に輝いて青い煙
階段をのぼると海が見えた

と、このような世界を締めくくるように、手法がはっきりと打ち出されている。「あった」、「なった」、「いった」、「見えた」という詩集全体を特徴づける印象的な文の結び方である。状況を対象化し、やがては何事かを断定しようとしている詩人の意図が徐々に明らかになってくるわけだが、一方で、むしろそれ故にこの作品の終わり方はいっそう印象的である。

明日になったら
多分　たわむれの影
おれの頭上を漂流する

一書はこの現在形のためにあったのだろうか。際立つ暗示に、状況を越えていこうとする詩人の真の意図があるのだと、ここでやっと読み解いたことを実感する。

続く『残闕』においても、この傾向は見られていた。冒頭の作品「夜刀の神」は、まさにそのように始まる。

この土地の習しとして
蛇を神とする
昔からの信仰があった

正面から神話を取りあげ、詩作の方法として確立を目論んでいるようである。神話の内実を仔細に見てまわり、むしろ神話に呼び込まれることを願っているような趣がある。「角折」の終わりが次のようであることは興味深い。

だが　不器用なしぐさの
おれの頭上で
不吉な予感がぽきりとした

過去形で締められていることに、既に突き放された感じはない。現在形として生きている。大島氏の作品の中で一番好きな「省略」にしても同じ、表現は文末の形を超えている。その始めと終わり。

俗の歌にいう
あなたの肩口深く
逢瀬のうわさが切りこんだと
（略）
うたいながら
おれの肩口
関節のきしむあたり
省略された風の痛みがこぼれた

無論こうした読み方で安心することはできない。『魂、この藁の時間』の「プロローグ」は次のように始まる。

水引が血をふきあげる
寸前の　夏のおわりは余熱にうなされ
灼ける咽喉にいく筋にも
点々
魂の形に細く
しなだれる身体がほんのりと色づく

相変わらずの難解さ、いや新しい難しさが加わっている。過去形での閉じ方はなくなり、現在形で行やイメジが重ねられる。今こうであると、現状が次々に違った視点から報告され、何かひとつのものを、それが「魂」であるのだろうか、形づくろうとしていることは見当がつく。しかし、それを検証するには相当に読み手の補足が必要である。補って読め、省いて書けという古い鉄則を思い出しながら、待てよ、状況に潜んで今できつつある神話を、ついに語り始めたのかもしれないなと気づいたが最後、身構えざるを得ない。もしかするとある面で俳句の世界に似ているのかもしれない、などと別の戦術を考えたりもする。現実を言葉で切り取ることで肯定していくのが俳句であるとするなら、その背後には詠嘆が隙を狙っている。とすれば詩人は状況の重さをついには抒情で耐えるのであろうか。

そう思うのは、『KingKongの尾骶骨』冒頭の「花屋」に出会ったせいである。

花屋が好きだ
とりどりの色の賑やかな言葉にではない

お馴染みの作品に物申すといった書き出し。安西均の「花の店」は次のようである。

かなしみの夜の　とある街角をほのかに染めて
花屋には花がいっぱい　賑やかな言葉のように

知らず知らずのうちにストイシズムの灯りに誘われ、言葉の迷路を歩いている自分、ただ花を見ているということにはヒュームの残照さえ感じてしまう。大島氏はそのような世界を否定しているのだろうか。確かにそう思える行もあって、筆者など、詩はついに論理だよと諭される思いである。しかしそのこと以上に肝心なのは、作品の中に隠れているたくさんの客たちに気づくことだろう。全十七篇にゲストが登場、日本の神話から聖書から、古典から現代文学からとお馴染みの方々が主役だったり、画面を通りすぎたりと賑やかなこと限りなしである。加えて現下の話題、映画など現世のスター総動員といったところは、まさに新しい神話誕生前夜の混沌を思わせる。摩天楼の天辺でさらに上方へと手を伸ばす巨大生物に、詩人は杖を差し伸べるのであろうか。抒情を絶ち、現象を捉えて深部に到る詩人の一貫した方法が辿りついたこの境地において、である。

状況を過去形で対象化し、それを超えていく論理を現在形で示そうとした、その長い道のり。簡易喫茶店で味わう詩人の新しい語り口は、難解さに説得力が増してほろ苦い。気がつけばハードボイルドなタッチを味わっている。その思いがけない楽しさが新たな展開を暗示しているようだ。

キングコングは映画の話である。したがって「花を飾る」を読んで「エデンの東」を想起し、そういう話であったのかと納得するのも当然であろう。伝説の巨人が考え深くしていると、読者の心も欲求と制御とを、無垢な衝動と経営観念とを行きつ戻りつ、重層化する。

（思潮社　二〇〇九）

文字の路地

擬本歌取りの行方 ―― 望月苑巳詩集『聖らむね論』

「感性の分離」が、T・S・エリオットが言うようにあったかどうかはともかく、言葉と物とが、言葉と出来事とが互いを見失いかけているというような言い方が流通しそうな情勢ではある。意識と現実とのずれを疑って、不安になったりする。果たして修復は可能かと、問題を立ててみたりもする。

抽象と具体がせめぎあい、抽象と抽象も互いを譲らないなどということは日常茶飯のことであり、具体と具体がぶつかるよりよほどよいといった認識で、この社会が成り立っているのかもしれない。そうした日々のフィールドは当然、メタが重なること限りない。とすれば詩の出番もあるというもの。このジャンルもメタの迷路に入って久しい。メタ感情、メタ思想、メタ言語である。すなわち現下、詩に課せられた使命があるとすれば、この点が唯一の――しかし、なんという消極的な――使命ではないかと思われる。

たとえば、この『聖らむね論』一巻。ラムネはラムネであるということを言いきるために、すなわち、所収作品の味々の、微妙な落差を水路で結び品質を保証するために、詩人がどれだけの手工業的意匠を駆使しなければならなかったか。その一壜一壜を飲みほせば、現代詩と呼ばれる作物の現状が理解されようというものだ。

まず気がつくのは、それがこの一巻の味わいでもあるのだが、まるで日本の詩史を回想し、書き直しているかのようにちりばめられた本歌取りの見え隠れ。

たとえば、「からくれない世紀に寄せて」など、そのタイトルがすでに古今の世界を思わせ、

まろべ！雲　すこやかに

の一行は、記紀万葉調、

ひたぶるに悲しい
文明交響曲がユニゾンを奏でる

の用語法は、『海潮音』をいやが上にも思い出させる。

用語といえば、「小雪みぞれ絵」の

　空があめ色に狂うまで

は、どう考えても宮沢賢治を、「ふるいふるい恋歌　千年の恋歌」の

　くるりくるり　はたり　とん
　絡土朶をまわす　母のおぼろな千年のいのち

は、北原白秋の「天草雅歌」を思わせる。
　さらに「良経おもかげ」の新古今調

　しずくもどきの花虻がねだる夢ゆらゆら

など、その気になれば引用するに事欠かない。

このような擬本歌取り的手法は、擬時間意識を本質的な時間意識に高めるために、是非とも必要なものであったに違いない。

しめやかに葬の宴果てて
あやうい刻がさらさら流れる真昼辺
ゆりかごの
嬰児に凌辱された
風の川を堰きとめよ
黙示録にみそめられて
死と愛の技法にのめりこむ　わが人生のフーガ
徒労のどうどうめぐりよ

「黄泉草紙」

停止した作品、ニュートラルな世界。これに空間項を導入すれば、詩人の作業は終わる。

あやなす陽を凌辱する

孤独な隊商は背に血糊をぬられて
砂漠の旅を游ぐ
影絵もどきのオアシスで
のぞきからくり地獄図絵を
ぱのらまふうにみたのはいつ
夜の刃にさっくりつらぬかれて
にんふの熟れた胸はしたたかな
鈍色の羞恥を紡ぐ
そよともしぶかぬ
沐浴の汀は
ひしめくかげろうを風化させたのだ

「夢の種族」

このマニエリスム風な、ごちゃごちゃとした物と言葉の氾濫。しかしこのいわば難渋は仮に、日本象徴派というものが想定できるにしても、その本歌取りなどではけっして、ない。想像力の非一貫性こそが、ここでは作品を、或いは一巻をまとまりあるものとしているのだ。現実感と非現実感の同居、それを可能とする錬金術的な言葉の宇宙の創造。
だが、これを卓越した技術の、多様な形式開発の賜と称賛するのみで終わってよいものだろうか。すなわちここでは、ラムネがラムネである時代の幸と、ラムネがラムネでしかない時代の不幸が同居しているのであり、そのアイロニーが、一巻成立の基盤なのである。詩への不信が詩を成立させる。生まれ続け、消え続ける泡のような空洞をかかえこむ以外に、詩を成立させる方途はないのだろうか。

（紫陽社　一九七八）

清水哲男評論集『詩的漂流』を読む

後退する。
センター・フライを追って、
少年チャーリー・ブラウンが。
ステンゲル時代の選手と同じかたちで。

これは、清水哲男氏の詩集『スピーチ・バルーン』巻頭の作品「チャーリー・ブラウン」の書き出しである。氏の評論集『詩的漂流』を読んでみて、この愛すべき四行の持つ意味を改めて考えさせられ、いっそう味わいを深くすることができた。

「センター・フライ」、なんとストレートで、なんと魅力的な一句だろう。球場の一番奥深い所を目指し、グングンのび続ける白球。そのゆっくりと回転し、次第にはっきりと見えてくる縫い目に、目測の誤りを読み取り、いい時許《ばか》りじゃないさ、とかなんとか言いながら大きめの靴でドタドタと定位置を離れていく外野手の孤独と自負。

さて、少年がついにはこの大飛球をとらえることができたかどうか、その結果は関心の対象ではない。後退し続けることで飛球は正当化され、当りはいよいよ難しいものとなり、科白の落下点はいよいよ謎をきわめる。無論この球場に限っては、場外ホームランという超越は存在しないだろう。なぜなら、この野球というゲームが、細かい約束事の上に成り立った「大変な理屈のスポーツ」(「日録で、さようなら」)であると氏が書く以上、守備行為が飛球を飛球として保証するのであり、スピーチをバルーン化させる攻守相互依存の展開性こそが詩の場だからである。このことが、作詩法として、次のように語られている。

詩を書くときの私の態度は、どうしても「問題」に対して答えを書くという態度には、つながってこないわけです。そういういいかたでいうならば、私の詩は自分にとって、いつも「問題」そのものであるような気がします。「問題」を「問題」としてはっきりさせるために、詩を書いているようなところがあるわけです。

「詩の題」

「問題」そのものである詩、すなわち氏は、白球であれ、流星であれ、けっして芝生にねころんで眺めているのでなく、またグラブを高く掲げて捕球に向かうのでもなく、「後退」するというかたちで守備し、そのものと野球的ルールをとりつけ、「問題」化するわけである。
だが、その「問題」とは、一体何であるのか。

私は一貫して（真面目なことよ！）〝日常〟にこだわって詩作をつづけてきた。そして詩は、特別な表現方法でもないし、特権的な意識の産物でもないといいつづけてきた。わかりやすい詩を書くようにも努めてき、したがって〝通俗〟という問題には常に頭をぶつけてきた。

「ツイスト・アンド・シャウト」

〝日常〟。しかし、目測困難なこの飛球を追いかけていくと「私たちが四六時中〝日常〟と相渉っている現実のなかにしか、真面目的反体制的社会警世的萌芽はありえない」（同）という信念の先には「お前の詩には核がない」などというフェンスが待っているらしい。

かつてある高名な詩人から、お前の詩には核がないといわれたときには、腹も立たなかった。この高名な詩人の作品にも核がなかったし、それ以上に〝無核〟こそが私の作品のテーマであり、〝日常〟にこだわりつづける原動力だったからである。詩人は歴史学者ではなく哲学者であるべきはずだから、この現代の〝無核〟をこそ追求すべきだと考えたのだ。考えたというのはほとんど嘘で、いわば直覚的にこのテーマに選ばれてしまったというのが正しいだろう。

（同）

本当に〝核〟がないのか。そうではないだろう。核がなければ展開はあり得ない。たとえ詩作品に核がなくとも、「直覚的に」選んでしまったこのテーマには、その「直覚的」ゆえの核があるはずである。たとえば次の件。

人生での驚き――自転車を走らせながら、彼は考える、それはなんであろうか？　生まれること、成長すること、齢をとること、死ぬこと。最初のことについてはどうこうする余地はない。しかし――残り三つはどうだ？

レイ・ブラッドベリ

『スピーチ・バルーン』のエピグラフである。「どうこうする余地」のない最初のこと、すなわち、「無核の核」。「どうだ?」と問いかけられた残り三つ、すなわち、「核の無核」。自分自身がひとつの展開であるということ、いやそうあらしめるところにこの詩人の〝日常〟を見据える眼がある。

だからこそ、清水氏が次のように自己の感受性に対して関心を示し、疑い、いらだつとき、それらは単なる個性論や作詩論を超え、氏の生と詩の核に深く根ざしたオブセッションとなるのである。

　大袈裟にいえば犀星は、日本的自然に哀しみを溶けこませる方法を、この『抒情小曲集』を通して、口語の時代の人たちに教える仕事をしてしまったともいえるだろう。

「こうべ垂れ合掌す」

　柳澤健なら柳澤健の感覚を通じてしか、たとえば夏という季節をとらえられなくなっている自分を見出すときがある（略）

「季語のように読む詩」

野球や日常、約束の中で展開する自己と、自己の中で展開していく生と詩、その双方のバランスをとりながら、捕球を保留し、傚物線をのばし続けること。氏の選んだ〝個性〟への途。チャーリーは、なおセンター・フライを追い続けている。

（思潮社　一九八二）

詩集評　一九八二　1

ひとつの詩作品、一行の詩句に出会い、自分の身体のどこかが反応することがある。名づけ難い感情が身の回りを支配することがある。そんなときは心の琴線が震えるという、使い古されたと言われてしまいそうな言い方も、けっして軽んじてはならないと心から思う。たとえば次のような詩作品が、何事かを語りかけてくることに驚きと喜びを感じる。

礁《かくれいわ》に、塩は白く
孤独の円月を画いてゐた
波にアミーバは燃え、又紅玉《ルビー》の眼をして、分裂し、鳥は日日凜烈と生殖を営んだ

ああ海図にないその故園の礁。秋——そこに人知れぬ私の思想が眠る

後藤一夫氏の「礁」で、『**後藤一夫全詩集**』（黄土社）からの引用である。二百余篇を収め、氏の詩業の全貌を伝えるこの浩瀚な一書を読み解くひとつの核にあたる作品であると思われる。なぜなら詩集冒頭の近作「くの字」は次のように書き出されるからである。

くの字に止まったのだ
一空間に
一呼吸が
右手は髪の中
同時に　挙げた
跳ねた片足は衣の中に消え
蔵王権現は
僧円空作
くの字なのだ

（部分）

二つの作品が同一の書物に並ぶためには四十年が必要だったのだが、こうして比べてみると、作品の質の変化と深まりに注目せざるを得ない。と同時に両者が互いに他を規定しあって共時的な存在たらしめていることにも気づく。顕現を求める「思想」は「分裂」し、「生殖」を営み、その外殻は「白く」結晶化して、いよいよ硬質化に趣く。すなわち、「海図」である。礁のありかを探り、孤独の深さを測定しようとする眼の熱さがいっそう円月を際立たせる。「波」に相対化させられたものと「くの字に止まった」ものが何であるのか、と言い換えてもいいように思うが、「神話」、「東方」、「圭子抄」、「餓鬼」、「終章」、「わがロゴス」、「わが秋雨物語」と展開する詩の核が生成のリアリティとして追究され続けている。この先達のみごとな海図を前にして、感謝の念以外のどんな感情をも私は持つことができない。

＊

愛読書を持たない人は不幸だ、といわれる。とすると、愛する詩篇や詩人を持たない詩人は不幸だということになるのかもしれない。

鈴木俊氏のエリカ・ミテラーについての仕事は、『詩学』誌上ですでに周知のことであるが、訳詩集**『愛の呼びかけ　エリカ・ミテラー詩集』**が出て、その徹底の程を知ることができた。第一章「リルケとエリカ・ミテラーとの詩による往復書簡」、第二章「リルケの思い出」、第三章「エリカ・ミテラー詩集」という構成であるが、印象深いのはやはり、詩による往復書簡であった。

見てください、本は開かれます！
おお、あなた、偉大な、救われた人
（最初の手紙）

あなたが存在する、ということでじゅうぶんです。
さて、わたしが存在するかどうかはわたしたちの間でまだ決めないでおきましょう。
（最初の返事）

いずれも冒頭部分の引用であるが、これだけでもこの往復書簡の輝かしさは十分に感じられる。開かれた本の中での、「あなた」と「わたし」。この一人称と二人称の交感を通して展開される喜びと疑いにこそ本質的な詩が感じられる。「あなた」という二人称を追究し、メタフィジカルなものにまで高める困難さは、実作経験で詩人が常に味わうことであるが、それを感じさせないさわやかさがある。たとえば、パウル・ツェランのそれとなんと違うことであろうか。そこにエリカ・ミテラーの詩人としての幸福があるとすれば、第三章の彼女自身の詩がそれ程感動を呼ばないの当然かもしれない。だからそこに、彼女の不幸がある？

しかしそれは、鈴木氏の問題ではないだろう。彼女から直接詩集を取り寄せ、訳稿を携えてウィーンに赴き、更に推敲を重ねて二年を費やす。そうした行動全体に鈴木氏の彼女に対する愛があり、「詩」がある。

「出会いを実にしていく、探究心は詩人の良心といっても過言ではない。」とは、斎藤正敏氏の評である。

＊

平根実詩集『日高見国旧事記』（国文社）と氏の前詩集『当国年中行事覚書　こしひかりにほんはれ』との相違点。まず体裁であるが『当国』はうすいグレーの表紙、裏表とも表紙いっぱいに白の大きい平仮名「こしひかりにほんはれ」が幟のように埋めていて、背文字は黒。『日高』の方は、表紙、裏表紙ともに黒、タイトルの文字が石碑に刻まれたように形だけ押されていて、背の文字は金。前者の賑やかさ、後者の落ち着きが早くも感じられる。作品を引いてみる。

こんこんと幹たたく
じじ目さめたか　ばば目さめたか　樹皮はげば　ばばのこぶ姥が乳
不死の精　どうしてどして　木尻こずいてち房もみもみ　仔はらめ
子はらめ　木目かぞえて　毎夜せまれば　樹皮木目十二単衣すらり
ぬぎすて　しなう足腰不老のあかし（略）

『当国年中行事覚書』～「小正月」

はるか　闇のかなた
節分がみえるか
夜明けの雷雲が　静止している
あれが　おまえだ

回帰するともしびのなつかしさ　古き魂のあからみ　あの日おまえ
が　裸のままとびだしてきたところ　ときくれば　裸一貫もろにと

びこむ　炎えたつおまえを芯にして　（略）

『日高見国旧事記』～「鹿島神社」

いずれも一行は三十字詰。前著では作品の要求に従い形式も自由という感があるが、『日高』ではいずれの作品にも数行の行分け部分が先行している。意識的な作品の感がある。歌から作品へ、「幻想の祭」（星野徹）から「神々の日常」への推移であろうか。実際、前者の賑やかさに比べ、後者のなんという静かさであろうか。祭のあとの虚脱感さえ感じられる。前者で事もなげに交感していた万物に、後者では大切に祈りを捧げているかのようだ。宴のあと、あちら側とこちら側とのけじめをはっきりとつけ、次の宴の準備、趣向をあれこれと思いめぐらしているのだろうか。和語と漢語をないまぜにした語り口のなんとも強引な、しかし独特の味わいには考えるべき大きな問題があると考えられる。あちら側とこちら側、詩と現実、詩と作品といった二元論を超えようとする強烈な方法意識がはたらいているのではないだろうか。
あたかも万葉の歌のようなという読後感を持つなら、すぐに思い出すのはたとえば大伴家持の次の歌だろう。

うらうらに照れる春日にひばりあがり情悲しもひとりしおもへば

これは巻十九の歌である。すでにして作品内の断層。だから家持は近代歌人だなどと喜んではいられない。このことが千数百年すると、方法化する。

髪五尺ときなば水にやはらかき少女ごころは秘めて放たじ

みごとなグラデーション、音楽でいえば転調を含む展開であちら側を現出させているこの与謝野晶子の作品も、平根氏の方法意識からは遠い。

したがってあたかも万葉集のようなと連想するのは見当違いであって、氏の方法の反近代性を思うべきなのである。「夜明けの雷雲」が「静止」する一瞬、「回帰する」「古き魂」はけっして相対化されない。祝祭と日常のバランスを失わず、祝祭の契機と根拠を追求し続ける裸の眼、そのバイタルな射程に詩の「あからみ」がある。碑文や遺跡の発掘をしているのではない、背の文字は金に輝いている。

＊

関根隆氏詩集『東洋のアニマ』（レアリテの会）はそのタイトルが目を引く。「アニマ」、しかもそれに「東洋の」と冠せられれば、誰だって身構えるだろう。しかし、それがみごとにはぐらかされる。ウィットと軽みの連続である。たとえば、次の行。

テーベの岩の上で
怪物がかけたなぞは
天下の愚問である
オディポス・コンプレクスの
妄想も遠いサトイモの葉の
かげに去った

「喪心」（部分）

なぜこんなことを書くのだろうという初発の疑問が、結局疑問の形で残るところにこの作品の存在意義があるらしい。だから、このようにソフィスティケートされた作品について、今世紀初頭から詩に限らない芸術全体が表層を対象化することに向かい、その極みから深部を垣間見るという傾向にあるのだから、関根氏がこのような作品を書くのも納得のいくことである、などとどこかで聞いたような説明してみても無駄なことのように思われる。すくなくともそうした解説を拒否する強さを作品が持っている。そうでなければ、「アニマの探求」など無理な話ではないか。

それでは関根氏にとってアニマは詩であるかというと、そう断定することもためらわれる。読者の「愚問」も「妄想」も受け付けてはくれないのだから。集中の「東洋のペルソナ（2）」から、ひとつの達成を示している数行を味わうだけにしよう。

エメラルドグリンの公園
を風が運んできた
白い大きな花が残した
肋骨のわきの
奇妙な擦過傷の痛み
は何だ

「神話の娘」も味わい深い作品である。

＊

継田龍の詩集『小さな〈つ〉』（沖積舎）は四部立て全二十八篇、タイトルポエムを含む〈Ⅰ〉部が印象に残る。「小さな〈つ〉」、「〈ゐ〉と〈ゑ〉」、「〈あ〉と〈い〉」、「〈ん〉」、「〈、〉と〈。〉」の五篇であるが、仮名に対する思いの中に作者の矜持が見えている。それはそのまま詩に対する思いであろう。声に出して読めるものなら読んでみよとばかりのタイトルは、甚だ挑戦的ともとれる。発音が難しい。「〈ん〉」は次のように始まる。

一人　おっぽり出されている
離れの——

裾をからげて
いまにも駆け出しそうに
ふん　おれは別さと
そっぽを向き

しゃしゃり出ず
言葉たちのうしろに立っても
むっつり　口を噤んで
みんなに　それぞれの
余韻とおもわせ

（部分）

＊

しだのぶお詩集『やぱのろぎあⅡ』（潮流出版社）は、全百八篇からなるエピグラム集。「ゴルフ男に」、「チャンネルをやたら回す女店員に」、「チェコの自由に」等々、およそ考えられる限りの人物、事象、出来事に止むに止まれぬ思いと批判とあてこすりを献じている。この一書で一九六七年から七八年の政治動向、風俗が概ね分かってしまう。ひとつだけ引いておく。

洗剤値上げに
　　――げすの智恵は何とやら

一夜明ければ二五%の値上げとは
こんなことならやっぱり買いためて
おくのだったのに!

これが詩であるかどうか疑問はあるが、これが百もまとまると壮観である。まして百八つ、煩悩をまとめて世に問うという風情。しかしひとつ心配なのは、もし作者が自身に対して腹が立ったときはどうするのだろうか。やはりこのように強い口調で批判するのだろうか。年越しをどうしているのか気がかりである。

*

仙石まこと詩集『メランコリイ・キャフェ』(風鐸舎)。と書いただけで行が立つ。こんなスマートなタイトルを持った詩人をうらやましく思う。後記によれば「昼休みに近くのドストルックという喫茶店で毎日一篇ずつ書き続けたもの」だそうで、「これらの詩を最後にして、新たに一から出発したい」と「しばらくの沈黙」をほのめかしている。何か現実的に清算しなければならないさし迫ったことが、或いはあるのかもしれないが、たといそうであってもそれは問題ではなく、このような連作を自身に強いたことを考えれば、それはやはり詩的な清算であるだろう。いやむしろ、現実的とか詩的とか分けて考えることのできない内的な欲求で、それはあるだろう。「メランコリイ・キャフェ」という、かなり思いきらなければつけられないと思われるタイトルからも、その切実さが伝わってくる。

限られた時間しか居ることができない、キャフェとはそういうところだろう。流れ行く煙草の煙、冷めていくコーヒー、水の入ったコップの中で解けていく時間、朝、昼、闇、星、夢、季節、空、そして青春。おしげもなく語られる「時」への思い、迷うことなく次々と繰り展げられる手持ちのイメジに安易さが感じられないのは、想像力がストイシズムへ向いているからではないだろうか。

突き放してみれば、二十四の作品、またそれらの部分にことさらの意匠があるわけではなく、中にはおそらく、限られた時間の中で無念と感じつつ書き終えなければならなかったものもあるように思う。そのような作品を集中に存在させるということが、すなわち詩的清算であろうか。

静かだ
時の音がする
半眼の真昼

憂愁のグランドバス
心をまるめてポイと捨てたい

「V」（部分）

*

貞松瑩子詩集『鳥を放つ』（ホルン社）のタイトルポエム「鳥を放つ」の終連は次のようである。

〈鳥を放つ　言葉を下さい〉
わたしのいじけた小鳥たちを
暗い呪縛の胸の底から　もう一度
明るい山巓の方へ　高く放つ

このように美しく、気高い詩句があるのである。「山巓の方へ」の「へ」の的確さ、「高く放つ」という、そのベクトル。全連を引かずとも、そのストイシズムと無垢への希求は、硬質で緊密な語りと相俟ってあたかも、神話の成立現場を現出させているかのようだ。

Ⅰの「石廊崎花狩り」の十四篇ほとんどにそうした趣が感じられる。ゆっくりと歩き、確実に見て語る詩人。だから内省的な叙情に似て、意図は別のところにある。Ⅱの「踏む影」十四篇をみればその事情が分かってくる。急ぎ足の縦走。緻密さがⅠほどでなくなる。詩人のバランス感覚の表れなのだろう、なるほど一書の中に山と谷が出現する。

＊

東野正の詩集『空記』（青磁社）の表紙絵は、苛立ち、あせり、圧迫感、虚無感の表現であると言わんばかりである。実際そう思えば思えないこともない詩集である。

自意識を持たぬ自分があり
無意識も知らぬ自分があり
知りえていることといったら
知りえないことだらけということ

「自己塔壊」（初連）

だが、そうではないだろう。このアイロニーにだまされてはならない。タイトルポエムの終連を合わせ読むと、詩人がどんなことを試みているのかが見えてくる。

誰にも聞えない声
誰にも救えない声
そんなものが風のノートに
空を切りながら
書き込まれていくのであった

全十七篇すべてが同工異曲、この試みで貫かれているのだ。それはひとことで言えば「無の創造」とでも言おうか、言葉の意味を算術的に加減し、様々な措辞法の中で乗除して意味をなくし、無の体系を創出しようとする試みである。

意味の無限大への発散、これは詩にとってのひとつの夢であることには間違いない。詩作品をひとつの装置であると考えれば、無限を捉える方法は自ずと決まってくるはずだから。詩とはそもそも、何かであって同時に何かでないものという思考が、そこにはある。東野氏の今後の詩業に大いに関心を持つものである。

＊

松本憲治詩集『千年の耳』（沖積舎）を読んでいくと、どの作品にも人間の身体の名称が書かれ、或いは隠されていることに気づく。そのすべてを集めると、人体模型ができあがるかのよう。

叫んでみて
どうなるものか

神の前で
石を呑む

空は蒼く息を止め
耳の奥が　ずきずきする

「空」（全文）

肉体や五感を賭けて、松本氏が読者の前にさらけ出すのは「悪意」である。しかし詩人はけっして攻撃をしない。すべて肉体がなくなっても、悪意の音だけは聴いていようというのである、千年の夕暮れを費やして。それは受難者の叩頭であろうか、それとも屈することのない抵抗者？

＊

千葉茂詩集『晩夏』（県内出版）は「晩夏」、「斜光」、「無機質の午後」の三部立てである。全篇を通読して気づいたことがふたつ。

連峰と海溝の
はるかなる接合。
そこに
きみが誕生し時が過ぎゆき
きみの年層にふいにある日
断層が生じる。
きみの耳には

異質の目的がなだれ込む。

「光域」（初連）

まずここに見られるように、漢語というか熟語とでもいうのか、漢字二字の言葉の多用である。総じて体言で止めるとある種のテンポができるので、読むに調子がよく快いが、本集のそれは調子がよすぎて、むしろ滑っているという感さえもたせる作品が多いように思う。

さらに言えば、その不用意な使用は言葉の意味の関係性を希薄にしていくきらいがあり、メタフィジクの成立にとっても大きなマイナスとなる。部分的にであれ、全体的にであれ、ある論理の終結部、或いは意味や形式の中心部で使用してこそ概念に血が通うと言えようか。要は、勘所をはずさないということであり、またよりかかり過ぎないということであろう。

もうひとつ、引用部にも見られる「きみ」についてである。それが誰であるのか、また何であるのか私には読み取ることができない。集中多くの作品に出てくるこの「きみ」は、共通のそれなのか、或いは作品によって異なるのか。ひとつの詩集の中に多く見られるのであるから、共通の誰かを、または何かを指していると考えるのが普通なのだろうが、これについては何ひとつ語られていない。

一般的に言えば、二人称を使用することで作品の枠は作りやすくなるが、反面問われてくるのは相即的に存在することとなる一人称の側である。むしろこのことを意図的に用いて、作品に深みを求めることもあるだろう。しかし本集ではそれほどに一貫した追究や対象化がなされているとは読み取れない。単に作品の方向性をわかりにくくしていると思われる。以上の点で残念ながら、筆者には不安な読み方しかできなかった。勿論「小さな虹」など、馴染むことのできた作品はある。しかし筆者が日頃陥りがちなことでもあるので、あえて書き進めた。

＊

進一男詩集『日常の眼』（沖積舎）は短詩四十篇から成る。或るものは自戒に近く、或るものは思考の核そのもの、夢想があり、思い出がある。氏の精神活動のほとんどすべてがあると思って間違いないだろう。だから、詩がある。

もっと大声で
もっとリズミカルに
もっと情熱的に
だがひそかに

つつましく
小さな声で
語れ
魚

「魚」(全文)

＊

奥島れい子詩集『生きていた朝』(WHO'Sの会)に収められた十九篇の作品は、ほぼ十四年かけて書かれたものだそうである。寡作だったことに理由がないわけではない。通読すると、それがわかる。一篇一篇、全部違うのである、語り口、用語法、形式等々。しかしこのことを単なる詩法の実験と呼んではいけないだろう。少女から一人の女が顕現していく自身の、その時々を誠実に生きようとし、またそうしてきた証なのであるから。

レストランの裏の調理場で
皿を洗いながら想う

私を暖めてくれる手はない
仕事を終えて　夜路を帰る
犬が　夜の町角を行く
その後姿を見送る
その犬は服従しないから
暖めてくれる手をもたない

「微笑む」（部分）

＊

菊地久美子詩集『夕日を浴びた駅』（青磁社）から「鳥」の終連を引く。

ふかいあめのなかで　なお　ひしょうのしせいをとりつ
づける　とりをみつめていると　わたしのめも　いつしか
もえつきてゆく
うすくれないの　れいめい　ときのじくをはなれ　におい

たつ　そらを　すいちょくに　きる　とり　ぜんしんはも
えあがりとりさえもしらない　とりの　さいごの思惟
を　とばないではいられない

このような作品で肝心なのはなんといっても情感だろうが、残念ながらそれが感じられない。頭では理解できるが、馴染めないのである。詩人自身「あとがき」で、「〈言葉〉が遅れているだけだ　詩に近づけないままで」と言っているが、むしろ言葉が進みすぎているのではないだろうか。言葉の豊かさを目指すより、メタフィジクの整理がより必要ではないかと考える。

引用部についていうと、「ときのじくをはなれ」た鳥が「そらを　すいちょくに　き」った後、「さいごの　思惟を　とばないではいられない」で失速し、まだ飛び立ってはいないという地点に連れ戻されてしまうのだ。それにしても「とりの　さいごの」には、ひっかかる。「いのち」が印象に残った。

＊

入船映子詩集『沙羅』（沙漠詩人集団）の「原っぱ」という作品が印象的である。他のどの作品も問題性を含み、特に「疑点」、「傾く」などには作者の力量が感じられるが、この「原っぱ」は一見平明、しかもその中にそれと分からない仕掛けがあり、読者をいきなり作品世界にひきいれてしまう自然な趣がある。

セイタカアワダチ草の原っぱを
歩いていたら汽車の音が聴こえてきた
この原っぱの向こうに
おり立つ駅舎があるらしい
まだ見えてはこない平行線の路の真中を
なつかしい麦わら帽子が転げていた
遠い日の思い出せない時間

「原っぱ」（初連）

＊

天童匡史詩集『玄象の世界』（永井出版企画）は、ものを思わせる。

我、つねに蔭の流れに。
身を潜め。
探る闇に世界を鑚る。

「Ⅰ」初連

決して長くない一行ごとに句点を打つ。この詩集の冒頭から読者は、まるで琵琶の幽玄な響きにも似た世界に、いや能楽のステージであろうか、ひきずり込まれてしまう。作品は二十五の部分に分かれ、さながら哲学解体の秘儀というべき万物の交感と啓示のあり様が語られ、その範疇は古今東西を遥かに超えて、宇宙と太古に及ぶ。
最終部分で「地上に降り立」った男、「右手に琵琶を持ち」「立ち去」った男は、一体誰なのか。思いを果たせなかった藤原師長、はたまた村上天皇、琵琶の名器が響きあう設えならば。しかしそうでないことは明白であろうと、共時の伝本をひもとく思い。

詩集評　一九八二　2

寺門仁詩集『羽衣』（沖積舎）の巻頭に置かれた作品「兵児帯の人形」の、そのまた冒頭部分。

故郷をたずねながら、入るべき生家へは入らない。村を恋う離村者、最も村に近い者が遠い者の姿で旅館にずいと入る。白い顔の人形になって。

氏は「あとがき」で、「遊女連作後の三年間のものである。気ままな主題で書くことから十五年ほど遠ざかっていた後の仕事だから、感慨深い。何らかの統一があればいいと思っている。」と述べているが、一書を読み終える段階でこれに行き当たれば、引いた作品の、その書き出しが思いおこされて、一種反語のように響いてくる。すなわち「村を恋う離村者」が「ずいと入る」だけで旅館は芝居小屋に変わり、「生家をたずね」る「白い顔の人形」がほの暗い舞台に浮かびあがるからである。

「羽衣」、「小町」、「玉」、「夏の芙蓉」、「長門狩者」、「逆さま詣」とタイトルを連ねるだけでも雅の宇宙、「四月のマザー・テレサ」というタイトルや、「車のライトやネオンが闇をとかす」（「玉」）、「空港のイルミネーションも眩ゆく機内を染め」（「波のしぶき」）といったモダンなフレーズに誤魔化されてはいけない。それは時を抱えこもうとするバウンドとしての鄙なのである。

人形として舞うことの正と負、読み手に、そして詩人自身にさえ背を向け、しかも謡い続ける文体に詩人格は次第に姿を消していく。

降らない日のないある日　温かい
影をもつ芙蓉が
次の朝も
しばしも味方するどころか
きりなく降らせても足りないようすで

かもの窓をふたりはのぞく

「夏の芙蓉」（部分）

すなわち
かもはふたりをかもの窓からのぞく――

「女に託して」（冒頭）

連続する世界、流れゆくモチーフ。始まりもなく終わりもない私たちの背後は、どうやら展開というような概念や技法では決してひきずり出せないようである。ともかく、バーナード・ショウのエピソードは羽衣のように、筆者の記憶を超えている。サラ・ベルナールも舞っただろうが。

＊

新井豊美詩集『河口まで』（アトリエ出版企画）からまず、三篇を引いてみる。

岬で。
水揚げされたばかりの魚の眼が大きく見開かれて　色の深い空がのぞく。その海の窓をく

ぐり抜けて祭り囃しの聞える方角へ小走りに
行く。
「海辺の祭り」(初連)

驟雨が海沿いの家々の灰白色に晒された屋根
の上を音高く駆け抜けていく間、土壁に身を
寄せて雨足をやりすごした。
「子産石——雨足」(初連)

夜には野の真ん中で闇がひとつ
ちいさくはじけた
たびだつということはよいこと
ね
しろく塗られた花道の
かさをつけた棘だらけのたねは
どれも十分に熟れている

野末が熱いという

「彼岸行」（部分）

こうして、それぞれ部分ではあるが書き写しているだけでも、詩人のそして詩の変転、変容が伝わってくる思いがする。「岬」、「魚の眼」、「色の深い空」、「海の窓」、「祭り囃し」、「小走りに行く」。感受性の豊饒が若々しい記憶の中で次から次へと、それからそれへと繰り出され、自足する幸福感とでもいったものに支えられて、習俗を対象化することができる。しかしこの言葉との合一がすぐに終わることを、詩人は知っている。

彼等は永遠に楽園の島にいて帰って来ない。
祭りが通りすぎる。道が急に白く乾く。わた
しは急がねばならない。

「海辺の祭り」（部分）

夏が終わり、祭りが「忘れられ」たとき、「駆け抜け」る「驟雨」。降ってくる言葉を「土壁に身を寄せて」「やりすご」すことで、詩人は分裂を体現してしまう。ここにこの詩人の書く

ことへの発端を見ることは、穿ちすぎであろうか。

しかしこの「子産石――雨足」の初連は、たとえば単なる人生のワンシーンとして見るには、あまりに際立っている。このあと一貫して続けられる自己への執着の重み、その褶曲作用で押し上げられた表現のピークとしての印象が強いのである。

「屋根」の下で耐え続けることが、そのままどっぷりと何事かに浸かりこむことだと自覚するとき、あの「たびだつということはよいこと／ね／しろく塗られた花道の」というほとんどショッキングな三行が生まれるのであろう。

もはや詩人は「巫女」(北川透)。「鐘の乱打」(「鐘」)を聴きながら「魔」と合一し、言葉と分裂しながら自らを顕現させる。

*

すでに戦後は終ったというが、戦争によって鉄骨のように運命を折り曲げられた者にとって、〈今日〉も〈明日〉もまたその延長でしかない。いまも私の脳裏には、聞こえてくる死者の叫びがある。

合田曠詩集『断層』（詩脈社）の「あとがき」でこう記す合田氏の脳裏に響く叫びがどんなものであるのか、残念ながら筆者にはわからない、といえば不謹慎かもしれないが、よくわかりますと調子を合わせるよりは誠実だろう。とはいえ、氏の切実さだけは二巻の詩集で納得することができる。

掌をとじる　ひらく　そのたびにあわただしく
羽搏いてゆく時間
時間のなかのぼくの思念

「掌」（部分）

右の眼からつぎつぎ飛び立ってゆく　いくたのジュラルミン鳥影
左の眼からつぎつぎ射ち出されてゆく真赤な火の球の閃光

「風景Ⅰ」（部分）

『断層』前半では、この「掌」と「眼」についての執拗な追究がなされ、このことが後半の「小鳥の飛翔」六篇、「小鳥の観察」三篇、「小鳥の認識」四篇に発展することは引用部から見当がつく。「掌」から翼へ、さらに時間軸へと延長されるもの、「眼」から「飛び立つ」ものは垂直性を思わせる。

このことがはっきりと形を持ってくるのは『GOOD NIGHT』で、である。このこととは、すなわち『断層』終わりの二作品で暗示される「十字架」であり、「愛」。

生木をけずって十字架をこの山にたてることはない

「女のうたえる哀歌」（冒頭・『断層』）

「十字架をこの山にたてることはない」。ならば、その十字架をどこに立てるというのか。『GOOD NIGHT』（異邦人社）は前集にくらべて、日常的事象への視線が強く表出されている。「犬」、「罪」での歩くことへのこだわりが端的に示すように、いわば水平的な世界の確認である。しかしこのことは、あくまであの眼球の自ずから持ち得る、或いは持ってしまった機能の確認であり、現状で垂直性を確保する不可欠な条件なのである。

「いっぽんの樹木」、「聖なる樹木」などの樹木への共感、「塔の歌」の悲しみ。これに「反芻の朝」、「嘲笑」の時間軸が加われば、詩人の意図は明らかである。そう、十字架を立てること、脳裏の叫びを延長させるのではなく、その中で成熟させること。

時に風化されない、より確かな「墓標」(「あとがき」)を組み、詩人は共時を生きる。

いま何時?
バイカル湖畔の弟が
ニューギニアの
ブーゲンビル海域の
ビルマ・アキャブの山々などの死者たちが
目醒めはじめる時刻だ
ぼくのそろそろ寝床にもぐる時刻だ
それから　ぼくの仮死がはじまる
GOOD NIGHT

「GOOD NIGHT」(終連)

*

仙石まこと詩集『ある視座』（レアリテの会）には、これがあの『メランコリイ・キャフェ』の詩人の詩集かと当惑し、一方納得もする。何と言えばいいのか、いくら読んでも手ざわりといったものが感じられない作品が多いのである。誤解をこわがらずに思いきって言えば、その仕上がりの悪さ。いや、悪さと感じるのは筆者の方の感受性の問題なのであるが、それにしてもあっけらかんとした終結部をもつ作品が多い。
たとえば「ルサンチマンをいだいて死ぬのはごめんだ」の終連は次のようである。

かすかに死が近づいてくる気配がする
だが　今
ルサンチマンをいだいて死ぬのはごめんだ
明日
一つの詩句が　祈りが
戻ってくるという
希望は捨てていないのだから

仕上がりの悪さ、というのは無論、仙石氏のレベルでのことであって、他意はない。特に最終行の扱いというのか、切りあげ方は前集にも共通するものであり、あっけらかんさがいっそう徹底されて、それはむしろ筆者などには及びもつかない強さとなっている。
しかしだからこそ、強すぎはしまいか。詩作品というものから、はみ出してはいまいか。もっと率直にいえば、詩のとば口で、その扉にむかって、しかもうしろ向きにぶつぶつと話しかけている風情である。
以上が当惑であるが、これがやがて納得に赴く。それは本集全三十六篇中の、二十四篇めにあたる「日々」あたりからである。

おお
私の言葉をすべて裏切った現実よ
私は明日へのあらゆる希求を絶つ

「日々」(終連)

そして最後部の作品「ある一日」の終わりの三行は、こうなる。

月も星々も見えなかった

朝がいつまでたっても訪れなかった
悪魔の寝息がやけにうるさかった

この、まったく詩以外ではない世界を読めば、一巻が何であったのか納得するほかはない。前集で「詩的清算」を進めながら、同時に試みていた、それは詩的再出発の書ではないだろうか。意匠を捨て、生の言葉で詩に迫ろうとする試み。この詩集が「極私的な失語状況との闘いの中から辛うじて生まれ出た」ものではあるにしても、詩的精神の営みという点ではけっして「極私的」ではなく、とにかくも書き続けようとする者にとっては、拠り所となるべきものである。

＊

甲田四郎詩集『午後の風景』（潮流出版社）の「朝」という作品の中で甲田氏は、次のように自らに言い聞かせている。

一日のためには
見て
見ないふりをする
そうするに限る

「呑みこんだ電球のようなもの」、「体の中を照らし焦がしながら／いたい／ここにいたいとわめいている」「痛さ」を、である。だが氏に、そうすることができるのであろうか。たとえ、

ミナサン
電灯のスイッチヲオ切リナサイ
朝デスヨ

「朝」（部分）

と、たいていの場合必要もない広報車のように呼びかけてまわっても、「曇天の通り」を進みゆく想像力が氏に、そのことを許すであろうか。たとえば「稲荷町で」は次のように書き出される。

もうだめだと叫んで
子供がしゃがみこんで泣いている
父親らしいのが風上に荷物をおろして
それを見おろしている
一緒には背負えないのだろう
（初連）

光景への共感、或いは共感してしまう「痛さ」。それが現実の経験の記述であるか、そうでないかは別として、いったん書き出されてしまえば、想像力は歩き出す。

あそこまで歩いたら背負ってやるから
なんて子供をなだめて
どれほどか距離をかせいできたのだろう
子供の鼻の先に
そのあそこを吊り下げて
どれほどか事態を先へ伸ばそうとしたのだろう
（二連）

この「事態」という言葉の的確さ、そしてのめり込み方の深刻さを読めば、次の三連が「それはもうだめなのだと／子供は眼を開いて泣いている」と書き出されることを待つまでもなく、想像力がある「事態」に突きあたってしまっていることが分かる。「見て／見ないふりをする」どころではない、見ている者が誰で、誰が見られているのか、けっして他人事ではないひとつの光景が詩的問題として氏を、「照らし焦がし」ているのであろう。

駅を降りると
ぼくの日常が戻ってくる
ぼくはもう
見られている
本屋　八百屋
ぼくがそれらを知っているように
過去も
おそらくは未来も
軒並を伝い歩けば

逢魔ヶ刻というのだろう　白い
お馬が時々駆け抜ける

と始められる詩集最後におかれた「麓で」は、以上のような「痛さ」を自覚するかのように韜晦を続け、次のようにしめくくられる。

感情が
焚火のように近づいてくる

＊

日鳥章一詩集『溶けている魚』（百鬼界）の最初の作品「窓」の初連は次のとおりである。

私は窓なのかも知れない
口は空を抱え
私の呼気は

すでに
私自身を吐きつづけている

「私」が「窓」であるというイメジはけっして珍しいものではないだろう。建物の内部と外部を区切る壁にあけられた穴、いや内部と外部をむしろ保障する証としての窓、それはたとえば、意識と外界の接点として眼のイメジに重ねられる。しかし、「口は空を抱え」となると事情が変わってくる。

「私」は「窓」であり、そこから見える「空」を私の「口」が「抱え」ている。つまり「私」は「口」である、ということになりはしまいか。ここにこの詩人の技法が典型的に表れているように思われる。無論それは、「私」を「窓」に見立てたことではなくて、私＝窓＝口と、イメジの相等関係、一種の円環を作り出していることである。このことは、その「口」から「吐きつづけ」られているのが「私自身」であり、「吐きつづけている」主体が「私の呼気」であることからも頷ける。

このような技法がある場合は数行で手短に、ある場合には一篇全体をかけてゆっくりと、といった具合で繰り返し用いられているのであるが、この一種の円環の中で「私」というべきものがみごとに表出され、そして抹殺されている。

私は
透明な河になりはじめる
全てに
感情的な煌きになっていくのだ

「感情的な河」（終わりの四行）

過剰とも思えるイメジの果てには、ついにこのような思いが語られるのだろうが、おそらく、これには部分と全体との合一という詩的な夢がはたらいているに違いない。しかしこのような技法、いや詩作品の特徴が我々に語りかけてくるものは何であろうか。万物の照応といったような楽感的なものでは、けっしてない。ある種の苛立ち、または決定的な欠如感ではないだろうか。詩集最後に置かれた作品「土地」を読むまでもなく、その不安定な状況は「私は窓なのかも知れない」という最初の一行で読みとることができる。「見えない記憶と悲鳴」（「土地」）それは、自らを透明にしてこそ煌く。

＊

行と行との透き間、断絶。『**紫圭子詩集**』（芸風書院）を通して読んでみての感想である。たとえば、次のような作品。

春。朧の宵
の亀裂
うす絹のきものをまとう
と
背後に糸の川が立つ。なみだつ
両の乳房を抱いて
わたしをしろくしめつける
もののけ

「春の馬」（部分）

イメジが恣意的に使われているわけではない。むしろ春の夜の熱さに沸き立つ波のように、それは自然に流れていく。では何故に、行と行との間に断絶があると感じられるのか。それは、引用からも分かるとおり、行分けによって作られるリズム感が原因しているのであろう。
まず一行を書ききってしまい、次の行が生まれてくるのを待つという態度。そこから行とその次の行との間の自然さと不自然さが生まれる。書き続けようとする詩人の苦闘が直に伝わってくる思いがするが、このメタフィジクの追求が詩人の内面を照らし出すばかりでなく、ある種のヒューズとなってもいる。「春の馬」は次のように続けられる。

赤い血
を口にふくんで頬ひきつらせる
遠野の娘
野づらを這う風。しろいはだかのくちびる
ひとすじ流れる血。春の風ふきつのり
おしらさま
の舞い。みだれ
草ぶかい家々のわらの座敷からよみがえる
はだかの娘
はだかの若駒

（以下略）

このようにどの行も連続し、断絶しながら体言へと収束されていく。点描、というよりは連続写真を思わせる世界が繰り広げられることとなるのだが、このことが意味に対して判断停止の効果を生ませている。ヴィジュアルな面、或いは事物があふれ出ないようにとのブレーキで、それはあるのだろう。作品が歌に近づく契機が、ここにありはしないか。

りゅうぐうのむすめさん
あおい藻屑でゆびきって
ながれるみずをおしのけて

いっぺん　じゅっぺん　にじゅっぺん
もんはせもおてみずがかり
おしてもひいてもゆめのなか

「てまりうた」（初連　二連）

＊

池澤晴美詩集『夢の扉』（花神社）の最初の作品「扉」から、始めの四行。

ききょうの花が
扉を開けました
夢の少女が
三日月にこしかけています

この四行を読むだけでもう十分だと思うのは、間違いである。夢の世界らしい道具立て、敬体で書かれることで感じられる優しさは、いわゆるメルヘンの——誤解されて久しいあのメルヘンのトーンであるといわれても、なるほど仕方ないが、次に続く行に屈折を読み取るなら、それだけで片付けることはためらわれる。

うっかり眠ってしまったのでしょうか
落ちてしまいました

「夢の少女」が「眠ってしま」う。眠るのが夢の少女なら、その少女はどんな夢を見るのだろう。いやその夢自体、誰のものなのだろうか。言い方を変えれば「落ちてしま」ったのは誰であるのか、ということになる。続きを見てみると

公園で遊んでいた風たちが
笑ったので
少女はうつ向いていています
ききょうの花は
扉を閉めました

となり、少女は三日月からではなく、夢から落ちてしまっている。無論、扉は閉められてしまう。この三重構造からは、詩人の幸福な夢などけっして感じられない。

それどころか、エロティックなほどに夢を求める内面の息遣いが伝わってくる思いがする。「Ⅰ」の九篇ではその欠落感を歌い、「Ⅱ」の九篇ではその中に蹲り、「Ⅲ」の七篇でその意味を問うている。「Ⅱ」の四篇め「表紙」から、始めの四行を引いておく。

これ以上は
つけ加えることもない物語に
藍色の表紙をつけて
本棚に並べた

*

田川紀久雄の詩集『火事ですよ』（漉林書房）を読んで考える。「火事だ」と叫ばれて慌てない人はいないだろう。火元が分かるまでの不安感、自分のうちだったらどうしよう、まるでもうそうなってしまったかのように悲惨な光景が脳裏をかけめぐり、火事場の馬鹿力よろしく想像力が急回転する。サイレンの遠鳴りを聞いて自分が当の家にいるときでさえ、そんな錯覚におちいることがあるのは、一体どういうことだろう。旅先でもそんな状態になるのは。

火事はよくも悪しくも、ということはない悪いものに決まっているが、華々しいといわれてきている。「火事だ」の叫びに心惑わせるものがある。浮き足立たせるものがある。しかし「火事ですよ」といわれたら、野次馬志願者——筆者もそうなること、やぶさかではない——はどう反応するのだろう。

表紙に印刷された赤字の「火事ですよ」には華々しさの中の落ち着き、周知の事実といった趣が感じられる。おそらくどきっとしたあと、それっと駆け出すより、どこですかと問い返すことさえ彼らはしないであろう。そう、どこだって火事なのだから。

市川真間でネギが取れます　そのネギを微塵切りにする
時少し眼がしみます　フォーレの曲でいつも泣かされます

「フォーレとネギ」（部分）

眼にしみるのはネギばかりではなく、微塵切りにされた生活で、その根より深いところで精神は燃え尽きていくのである。だから眼にしみるのは、立ち昇る煙のように静かな惨状と火事の原因を教えてくれるガブリエル・フォーレの優しさなのである。「夢のあとに」市川あたりでは、半鐘の鳴ることがあるのだろうか。ヴァイオリン・ソナタなら上品に見えて、これがなかなか、野次馬を導き、アイデンティティの渚にいやおうなくて連れていってしまうといった強引さがあるのだが、詩人が述懐するのは「レクイエム」の静けさである。

沈黙という楽音によってささえられたモーチ

フには行き着く所がない　初恋の想い出が秋空の下でふ
っと浮かぶこともある　それも木枯と一緒に何処かへ吹
き飛んで行く　靴の音が時に耳に響いてくることもある
単調な響きほど恐しいものはない

「フーガの技法」（部分）

耳も火事なのである。フーガがピカルディの三度で終わるとは限らない。火の手の様式がどんなものであるのか、野次馬には見届ける義務が生じる。

＊

仲宗根清詩集『ヤモリの唄』（潮流出版社）に収められた二十四篇、そのほとんどに現れる「ボク」の、その「ボク」という言い方、或いは書かれ方にひっかかるものが残った。「ぼく」でもなく、「僕」でもない。詩人はおそらくは沖縄在住の方だろう。何か関係があるのかしらと、こだわってみたい気がする。この詩集を読み解くポイントではないかとも思う。

家を出る時から降っていた雨は、宮古、石垣、与那国と、乗りつい
だ島中追ってきた。
――スケッチも出来やしないな

「ションガネー」（初連）

「スケッチも出来やしないな」と語りながら詩人は、与那国を克明に描き始める。波のように「客がよせてはかえす」酒場で出会った十六歳のビビアンというフィリピーナを、その歴史や風土、そのシマチャビ（孤島苦）という「風化した石」の上で「思いきり肢体をのけぞら」させて。描かれた女は島であり、よせては返す男はたとえば「出張」中であったり、「旅のまま住みついてしまう」若者であったり、つまりは歴史や風土そのものであるのだろう。

詩人も、そうした男の中のひとりなのだろうか。そうでもあり、またそうではない。スケッチブックを携え、沖縄を語り続ける、いや、むしろ語り続けずにはいられない自己の根を追い続ける彼の相貌は、「憑かれた人の」（「八月――和に」）それでもあり、彼らの、そして彼の「ひたむきな夢」（同）を解析しようとする取材者としてのそれでもある。「ボク」とは、この両義性の表徴ではないだろうか。冒頭の作品「五月――和に」が次のようなものであるからには。全文を引く。

ふるさとでは
やがて
ユーナーが咲くだろう
残してきた少女は
白いブラウスを
着るだろう
その白さが
空の瞳には
痛いだろう

*

青島洋子詩集『あふれる籠』（視点社）から「見えない幸福と見える不幸と」。

食卓を飾る

大きな花束が
無造作に投げこまれた器に
吸い上げる水は
とっくに枯れていた。

（部分）

「Ｉ」の始めの作品で現れる器のイメジ。喪失感の容器として、詩人はそれを大切に育てていく。「私のマンドリン」では、「切れやすい弦を／抱えて／鳴るのを待っていた」「胸のくらやみ」となり、「春を病む」で「苦い春をの」んでも、「太い管」（「工事」）となったそれは満たされない。

さらに「内から壊れていく」（「疲れた太陽」）その容器は、「抱え」（同）られていることで、容器の完全な姿に育っていく。「幾度も／闇をくぐりぬけた／疲れた充実／沈むことを抱えこんだ／球形で」（同）。太陽さえも疲れていると思う意識は、詩人の頭蓋のせいであろう。「２回も／腐った骨を／切りとったのだから／軽くなる筈だった／右の頭が／今だに重たい」（「腐った骨」）

だがその重い頭もやがて、「エコーのきいた」（「舞台」）となり、「脳」が「マヒ」する。「髪を切」（「美容室にて」）れば完璧である。「私はかるがると／私をはなれる」（同）。

こうして空洞そのものとなった詩人が行きつくところは、母への思いである。「Ⅱ」の七篇は母を歌って感銘深いものがあるが、初めの「今　母は」に「なだらかな／浅間山の山ふところに抱かれて／／今／やっと／母は眠っているのだ」というような行があるのを見れば、それが「Ⅰ」からの発展であることが分かる。抱かれている母、すなわちあの容器の中に、詩人は母を見いだしたのである。器、胸、管、疲れた太陽、頭蓋と育ってきた容器は今、子宮を暗示している。喪失感をバネに詩人は、そこに自らの存在を見いだそうとしているのであろう。母が好んだと語られる「無花実」や「りんご」には、すでに容器の充実が感じられる。

再び
あなたを　くぐりぬけていくため。

「母を拭く」（部分）

（この頃では　泣いてなどいられない。泣
かなくなった分、私は出かけていくのだ。）

「傷」（部分）

詩人は自身を種として再び生まれる。その喜びと静けさは「Ⅱ」の終わりの作品「りんごこんなに歯にしみるのは」に読むことができる。

ところでこうしたドラマにも似た感動が、「Ⅲ」の九篇に感じられないのは何故だろう。詩人は一転、社会的矛盾への攻撃を試みている。それらは技法的にも、思考の妥当性においても確かに説得力を持ったものではあるが、切実さからみれば「Ⅰ」「Ⅱ」に比ぶべくもない。容器は「籠」ではあっても、腕に抱えたそれには、「季節の野菜の青さや／パンの香りや／小さな／私らの糧で」「豊かにあふれ」(「あふれる籠」)ているというのだ。かつての喪失感はすでにない。喪失感を失うことで、詩人は何を得るのであろうか。詩人の誕生? その抜きがたい逆説を考えさせられる詩集である。

*

高橋芳子詩集『私の季節』(詩学社)に収められた三十七篇の作品は、この詩人にとっておそらくどれもが、かけがえのないものに違いない。同じことはどんな詩人についてもいえるだろうが、ストレートにそう思わせる詩集はそう多くない。

「私の季節」というタイトルで予想されるように、本集の作品は「私」への執着であり、その

「私」を形成してきた意識の「足跡」(「あとがき」)である。詩人はその「足跡」を大切に、まるでアルバムに貼りつけるかのように保存しておこうとする。その手順を知り尽くした手先に、何とはない余裕と日常性を感じるのは、筆者だけだろうか。

川の底は
一本の茎の呼吸にも
敏感なのだろうか
水面にこぼれる光にも
動揺するのだろうか

川の底は掌のように柔軟なのだろうか
すべてを知りつくした温もり
その時々で微妙に変化する流れ
忠実に水の意志を反映する底

私は見たこともない川の底に

洗いさらした私を
沈めてみたい

「川の底」（全文）

このように率直に疑問をたたみかけられると、詩人のその感受性の鋭敏さにもかかわらず、何か言い足りていないという思いが頭をもたげ、次第に募って、終連で決定的となる。他のほとんどの作品にも、終わりの部分にこの「私」が現れるのであるが、そのことで作品が日常的な感想といったようなものに、上手にまとめあげられてしまうのである。

これは技法上の問題というよりは、詩作に対する態度からくることであるのだろう。「私」のより深い追究を求めるのであれば、自己を突き放し、徹底して対象化することが必要だろう。といって、それは是非とも必要なことなのだろうか。時々の、ふとした感慨を率直に、大切に記す詩人の姿勢に、共感すべき静けさが感じられないであろうか。

＊

大掛史子詩集『青のうらみ』（幻視者社）からはやはり、タイトル・ポエムの「青のうらみ」を引こう。

張りつめた　泥白の布のおもてを　濃く淡く　ひろがり走り　ひややかに　したたりにじむ　水辺のつゆくさの　鎮魂めの青さよ

（初連）

この巧みさは、息をのむほどである。言葉は言葉から生まれ、言葉が言葉を生み、「ひろがり走」るイメジャリは、スピード感と言い換えてもよい。詩語が自足し、表現自体が何事かを語りかけてくるこのことにひとつの達成を見るならば、本書の性格、収められた十六篇の意味と位置が自ずと見えてくる。

引用を続けると、

蘇芳　藍　茜　紫　鬱金　紅

予感にみちて　まぼろしの色彩をまさぐり
無に　はじめて　かたちを与えるおののきも
　触れれば　あとかたもなく消えてしまう
水のほのお

辻が花　唐草　友禅　花更紗

続く七行も引用してしまいたい衝動にかられるが、あたかもグラデーションのようにならべられた色彩についての一行があれば、十分であろう。この一行が引用部最後の、文様についての一行に発展するということで。

形を求める色の、何も語りはしない無償の意志。色彩を言葉に置き換えれば、詩人の意図はアナロジーになるだろう。語ることをやめて久しい詩語に、その本来の速度を保障し、赴くがままの形をとらせることでいっそう沈黙させる。できあがった言葉の文様が何事かを語り始めるか、否か、それは言葉の生き死にの具合によるだろう。スピード感とそれに見合った形式を求めての、本書は果敢な実験なのである。

「胎動」、「仮泊」、「富岳黎明」、「唐三彩と志野」をポイントとした成否のグラデーションが読みとれるが、中でも豊饒の神話、或いはそのアイロニーを感じさせる「胎動」で、詩人は生まれくる生命にことよせて、言葉の誕生を歌っている。

過ぐる日々の
おまえは樹　おまえは野の花
おまえは雲　黙ふかい空
かぎりなくこの身に親しかったものら
そして　おまえは死

（二連）

「イカルス」を読む

大学の教養課程では須原和男氏の授業は難しいと、もっぱらの評判であった。なるほど英語専攻ならともかく、教育学部の学生にハーバート・リードの『グリーン・チャイルド』は手に余った。翌年それがサローヤンのものになったにしても、英文学の講義ではいきなりイェイツである。幻想体系への導入の条件整備でエリオットに行き着かなかった。ちょうどその頃カーモードの「ロマンティック・イメージ」の翻訳を見つけ大助かりだったが、訳者は須原和男とあったから、あの須原氏だと決め込んで勝手に感謝していた。先生ですよねと、確認をしたかしなかったか忘れてしまっているが、現在は高名な俳人で、句集をいただいてもいるのにこのことには話が及ばない。

その須原氏が授業で星野徹氏の「イカルス」を教材とされた。年度末に近い頃、それでは日本にはどんな現代詩があるか、本学に在籍される詩人の作品を読んでみよう。というより、校舎の中で今日諸君とすれ違って歩いて行った方が、どんな精神的いとなみをしているのか認識しなさい、詩とはそういうものだとの講義の仕上げであったのかもしれない。

とはいえ無論諸君の読み方を書いて提出せよとの課題が忘れられるはずもなく、厳しいこと北から来た学友が寒いといったまさに、水戸の冬のごとくであった。むしろこちらの方が本旨であったか、読むとは書くことである、艱難辛苦の道に入るべしとの。大島邦行氏が、主宰していた「ＡＡ」に掲載してくれたのは同士の入道への餞であったと知る。未熟な試みが生きながらえることとなった。

Ｂ４判の複写紙、一枚ずつ配られたいわゆる青焼きの紙は、須原氏ご本人が書かれたであろう少し大きめで几帳面な字で埋められていた。横長に仕立ててぴったり一枚を使いきるみごとな字配り。この作品は後年、詩集『花鳥』に収められ奇数頁から始まって三頁に渡ることとなった。もし私がこの作品を詩集『花鳥』で知ることとなったのであれば、違った印象を持ったであろう。そのとき「イカルス」は詩集『花鳥』という来るべきフィジカルな、かつメタフィジカルな身の置き場を目指して、まさに飛び立とうとしていたのであろう。

＊

紫色の複写紙を半分に折って開いてみると、折り目が文字のない一行あたりにきて左右ほぼ対称形に書かれている作品の中心になる。それは背骨だ、という印象をまず持った。すなわち、折目を中心にして左右に広がった十数行ずつが、私の目にはちょうど鳥の一対の翼のように写ったからだ。そうなると当然、この作品は鳥である、という図式ができあがってしまうわけだが、できあがってしまうとすぐに、この作品はどこを、何を目指しているのだろう、いやその前にまず、どこから出発するのか、またそれは何故かといった様々な疑問が私を襲い、しかしそれにもかかわらずそれらの疑問を超えて存在している、飛び立とうとする作品の意志が私を撃った。

一行も読まないうちの詩的経験は、そのような全く私的な事情によって得られたものであるが、このことは未知であるこの「イカルス」という作品への、ひいては詩と呼ばれるものへの私なりの旅立ちの姿勢を決めてしまう程啓示に満ちたものであった。

融ける翼
蠟付けの翼の
融けるいちまいいちまいの羽

この作品全体が一対の翼であるという啓示に身を委ねて、この作品を一気に通り抜けてみようと考えた私にとって、この「融ける翼」という書き出しはあまりに倫理的であった。翼である言葉で、「融ける翼」と書く、しかも翼を作るべく。この錯綜のポエジー！ などと言ってしまってはそれこそ鑑賞、いやそれこそ感傷に終わってしまうが、そのようにともかく書かざるを得なかった私の無様な情況こそ、書き始めると同時に翼は融け出す、つまり不可能性が開示されるという書き出しの行のアイロニカルな実現ではないだろうか、おそらく。

そういうわけで、全く停滞ぎみの私ではあるが、止まってしまうわけにはいかない。「蠟付けの翼」と繰り返される「翼」で苛立たしい飛行の水平面が保たれ、「翼の」の「の」という助詞が私たちを次の一行に落とし込む。「融けるいちまいいちまいの羽」、つまり行が進むにつれての言葉の増殖。或いは悪循環。融けるという事態が、書かれるにつれて進展する。進展するからなお苦々しく書かれなければならない。しかし、この悪循環はこの行で一時停止する。「融けるいちまいいちまいの羽」で極限状態が出来するのである。「いちまいいちまいの羽」が来るべき比喩を比喩し、その厖大なとろけを暗示することによって不可能性を、書くことの不可能を現出してしまっているのだ。かくて、詩人の書くという飛行は全く不可能となり、一行の空白。詩人は書けない、或いは、空白を書く。

技法的に言えば、この空白によって前の三行と後の七行の質的相違が暗示される。結果論的には七行である来るべき比喩は、「融けるいちまいいちまいの羽」であるにもかかわらず、いやそれ故にこそ詩人の前に横たわり、飛翔を困難にさせる比喩の迷宮なのである。が、詩人は翼の構築を目指し、或いは作品の側から言えば三行が表現を求めて、イカルスよろしく融ける翼で比喩の迷宮に入っていく。もはや背負いこんでしまった三行の融ける翼で。

めまいはいつも同じ仕方でおそうのだ　たとえば眼鏡がずり落ちる
ぼくから　砕ける　ぼくから　むすうの破片の中のむすうのぼく
が飛び散る　にわかに軽くなるぼく　それから垂直上昇　あおい棗
若くてかたい地球　そこでおもむろに反転　ぼくの破片が寄りそ
ってくる　ひとつがひとつに重なり　それがまたもひとつに重なる
せりあがってくる皺　河に森　歯痛　偏桃痛　銹色のメロン　い
たんだやわらかい地球

前の三行が、出発から自己増殖を経て不可能という無限の到達点への旅としてまさに三行で完結してしまっていることによって、それは言わばひとつのテーゼ、或いは詩的啓示としての存在をきらめかせている。この啓示が詩人を「めまい」に誘うのである。彼は啓示に射たれて、書くことの可能性を求める者が必ず通り抜けなければならない、あのほの暗い比喩の迷宮に一歩を踏み入れる。そうすると「たとえば眼鏡がずり落ちる」。視力を失った彼はあまりの暗闇にめまいを起こすのだが、それがつまり迷宮の暗さであり、きらめく啓示の照り返しでもあるだろう。この啓示と反啓示の力で眼鏡は砕け、その破片の中に存在する「むすうのぼく」――書くことの不可能の僕たちが暗闇にきらめきながら飛び散っていく。この「眼鏡がずり落ちる」と「ぼくが飛び散る」との照応について、どう言ったらよいのだろうか。自我意識からの解放を思わせる、と一応は言うことができるのだろうが、この照応に挟まれた一行を経験するなら、むしろ自我からの解放が実現されていると言うべきであろう。「ずり落ちる　ぼくから　砕ける　ぼくから　むすうの破片の」と分かち書きされることで語の接続関係が曖昧になり、様々な読み方が可能となっている。吸い込まれてしまいそうなリズムのうちに、衝撃的な事の起こりがひとつの旋回運動と化し、求心的に下降していくが、ここに「むすうのぼく」が重ねられると、その運動はいきなり「飛び散」って反転、上昇する。読む者の眼前に素晴らしい速さで達し、思わず目を閉じさせてしまう程の、それはリアリティを実現している。一行三十字に詰められたいわば散文書き――それは星野氏の一貫した技法として特徴づけられるものであるが――の中で、測ったように一字分落ちている行であることも偶然ではないように思えるが、この部分については、星野氏が彼の評論「ヴァイタルな風」（『詩と神話』一九六〇　所収）で引用している「詩人は理性を失う前にはうたえないのだ」というプラトンの言葉を想起するのが好都合だろう。だから言い換えれば、不可能の「ぼく」たちが飛び散ったのである。あとには表現の至高を目指すことができる、軽くなった「ぼく」だけが残り、彼は、暗い迷宮からほの見える一点の明るさを求めて上昇を始める。まだ熟していない「青い棗」から表現の至高が燃え続ける太陽を目指して。

しかし、軽くなって、可能の太陽に照らされたとはいえ、彼はけっして太陽に至りつくことはできない。何故なら、それは一つの性急な短絡行為だったから。神を目指して太陽へ飛んでいったイカルスのように、詩人は依然として迷宮の中に居るのであり、「垂直上昇」という強硬な翼は、その強硬さにもかかわらず、やはり融けるべき言葉でしかないのだ。せいぜい、地球が青くてかたかったということを確認できる地点まで行って、イカルスのように反転してしまう。まるで下降を予期したような「おもむろに」という副詞の重力に引きずられて至高点まであと一歩という、しかしそれはまた出発点にすぎない全ての「そこ」で反転すると、落下を始める詩人の書くという行為に再び不可能が宿り始める。無数の「ぼく」たち、不可能の破片が寄り添い重なり始め、彼の落下に加速度を加える。再び悪循環。雪達磨式に自己増殖していく「ぼく」の落下に、歯痛、偏桃痛の苦痛が加わり自我を意識させると、もう地球は日常の匂いが染みついた「ぼく」の皺の目立つ顔になってしまっている。再び降り立った地球は、しかし、もう元の青い、かたい地球ではなく、銹色に傷み、融けてやわらかくなってしまった地球なのである。

この可能性を秘めたかたい、「青い棗」から「いたんだ」「メロン」への変貌に人間の顔がオーバー・ラップされていることから、この過程にたとえば人生の行程を見ることができるかもしれない。しかし、私はこの過程を、書くことのモチーフの端的な露出だと考えたい。すなわち、作品から考えられる棗→（太陽）→メロンという図式は、あくまで太陽が括弧づきであり、したがって種子→成熟→発芽という植物のとるサイクルに対応しない。つまり、青い棗は太陽（成熟）には到達できず、銹色のメロンとして腐ってしまい、発芽の成就は遂げられなかったということだろうか。さらに、この棗、太陽、メロンというイメジの進行は、地球のイメジと重なりながら、書くことの進行と並行し、かつそれを正確に規定し、反映していく。まず、書き出しでは、幾分楽観的ムードで垂直上昇を始める詩人の下に「あおい棗　若くてかたい地球」がこれまた幾分希望に満ちて光り、表現可能を保障している。が、上昇し詰めると「そこで」の上にある（に違いない）不可能の太陽が輝き出す。「そこで」反転を余儀なくされる。悲観的に下降し始めると、下で「銹色のメロン　いたんだやわらかい地球」がその落下を誘惑している。つまり、それらは詩人が飛行の過程で現出せざるを得なかった書くことの可能或いは不可能の象徴、いやと言うよりも詩人が今当に書き続けているというその行為の可能と不可能そのものなのである。そして、それは地球。そこに降りるとこれ以上は落下できない。不可能の出来。かくして詩人は、空白を記述する。

書き出しの三行が、出発から自己増殖を経て不可能という無限の到達点へ至る旅であり、その三行で完結してしまっていたのと同じく、この二連めの七行においても全く同様の旅がまさに七行を費やして行われたのである。つまり、気づいてみると、再び迷宮の入口であったということ。

表現の至高には至りつけなった詩人はなお翼の構築を目指して、また銹色に傷んでしまった啓示たちは表現を求めて、再びほの暗い迷宮に入っていかなければならない。

いったいあれは何のはじまり　それとも何の終りか　朝ごとにくり
かえされる　上昇と下降の　かたい棗といいたんだメロンの　拡散と
回収　そのあつい出口　入口　あれはいったい何の儀式　眼鏡はぼ
くの鼻にかえり　ぼくは入口の階段を降ってゆく　ほどなく二日酔
いも消えるだろう　ほどなく轟音とともに地下鉄が入ってくるだろ

う　ほどなく　陽の射しこむ出口の階段にさしかかるだろう　しか
しあれがぼくであったかなかったか　記憶はあらかた冥府の腹の中
に棄ててきた　読みさしの朝刊のように　しかしちらとよみがえる
活字のひとつ　追いすがる候鳥の翳りのようなもの

二連めの七行でしたたかに翼を傷つけてしまい、詩人はかなり減速気味である。彼はまず「あれは何のはじまり　それとも何の終りか」と、書くことの不思議さを問うことによって前の七行を増殖させ、翼を広げようと試みる。おそらく、「あれ」という言葉には前七行を対象化してしまって、「朝ごとにくりかえされる」日の出を体現してしまおうとする詩人の企てがほの見えている。表現の至高が燃え続け、そのさわやかな啓示の光を与えてくれる太陽の上昇——、しかしその企ても困難を極める。前の連では七行かかった上昇と下降が一行足らずの「何のはじまり・・・何の終りか」だけで終わってしまい、続いて性急に「上昇と下降」「かたい棗といたんだメロン」「拡散と回収」と繰り返されるが、それらはたった二行ほどのうちにそれぞれ円環を閉じてしまうばかりなのである。

さらにもう一度「出口　入口」。これが「入口　出口」と書かれることはないだろう。すなわち、迷宮をなんとか出てみると、彼の前に暗い口をあけているのは入口なのである、という風情。出口に入ってしまった？　いずれにしろ、三度迷宮から追い出されてしまった、或いは入っていけない彼は「あれはいったい何の儀式」と問い続け、「あれ」に縋るほかはない。緊張の水平面を保つ苦々しい飛行。

ここで詩人は方法を換えてみる。ぼくの鼻にかえった眼鏡をたよりにして、今度は入口の階段を下降してみる。「ヴァイタルな風」の中で先に引用したプラトンの言葉と対置されて引用されているボードレールの「詩人は必ず批評家にならねばならない」という言葉がこれにあたるかもしれない。理性をたよりに下降していく詩人の「二日酔い」はほどなく消えるだろう。「だろう」の下の一字あきの部分で彼は覚め、彼の方法は変えられてしまう。プラトンからボードレールへ。彼は理性的に地下を歩き出そうとする。実際歩けないことはないだろう。が、眼鏡をかけ、視力をとりもどした詩人にとって、その地下は濃密な迷宮ではありえない。彼は「入ってくるだろう」の下の一字あきの部分で入ってきてしまう地下鉄に乗る。つまり理性的な覚めた詩行為を始めるわけだ。しかし、「ほどなく」という詩行為の電車は彼を降ろして走り去ってしまう。この「ほどなく」の繰り返しのスピード感、推移感は美しいまでだ。下意識と呼ばれるものの実在を一瞬ほのめかしながらけっして開示しない、それは神の技でもあるかのようだ。

たとえば、私なら私が京成電鉄上野駅に降りていく。地下鉄でもないのに何故か地下に駅があって、地下鉄のように入ってきた千葉行きなら千葉行きの電車に乗ると、しばしの地下旅行の後、明るい地上に出てくるというわけだ。日暮里にも着かぬうちに。私を降ろして走り去る電車のなんと速いこと。詩が逃げ去っていく。

こうした方法にも失敗した彼は、「階段にさしかかるだろう」の下の一字あき部分でまさに出口から出てしまうのだが、そこには、またあの不可能の太陽が輝いているのである。詩人は、「あれがぼくであったかなかったか」と概ね否定的に回想せざるを得ない。この「あれ」は、二連めの書き出しの「あれ」、すなわち彼が幾分かは体現した、つまり彼の存在にしばらく憑依した書くことの可能性であるわけだが、ニュアンスとしては地下鉄に乗るという詩行為そのものをも暗示している。もしかすると書くことの、に限らないのかもしれない、可能性が冥府＝地下で電車の燃料として使い果たされてしまったのだ。その記憶さえもないのだろうか。詩人はちょうど「読みさしの朝刊のように」彼の行った詩行為を一回限りのものとして「棄てて」しまわざるを得ない。

だが、あの朝日に照らされた朝刊の中の一つの活字が脳裏に一瞬、しかし鮮やかに蘇ったりする。それは、たとえば、詩人たちが求めた一冊の本、蘇ってくる活字はそんな真の書物の中に存在するであろう一つの活字なのかもしれない。しかし、そうした記憶も、記憶である以上啓示の祝福を受けられるべくもない。むしろ詩行為そのものが記憶と化したのかもしれない。それは鳥に変身し、朝刊から飛び立っていく。やわらかい地球に立つ詩人を残し、新たな啓示となるために、一瞬の翳りにきらめきの予感を与えて飛んでいってしまう。候鳥が適温を求めて渡っていくように。もう、書くことはできない。或いは一行の空白の記述。

だが、詩人の翼を構築する作業はまだ終わらない。何故なら、詩人が自分にとって全き翼を構築しようと欲するならば、おそらく彼は言葉の増殖を永遠に続けなければならないのであろうから。もう一度冒頭の三行が書かれているのはそうした事情によっているのであろう。

融ける翼
蠟付けの翼の
したたるいちまいいちまいの羽

彼はもう一度この冒頭の行を、言葉に微妙な変化を与えながら繰り返すことによって、一つの円環性＝永遠性を描き出している。つまり、「融ける」から「したたる」へ、という状況の進展或いは悪化が逆にこの作品の成立過程を保障しているわけである。言い換えれば、融け始めた翼がしたたり出すまでの過程にだけ、その間だけに詩が可能であったということである。この最後の三行を書くことによって、詩人は物理的にこの作品を完結させるのであるが、しかしそれはまた作品の永遠への出発点でもあるのだ。

かくして、詩人は一対の翼を獲得する。本当に獲得したのであろうかという疑問と、それにもかかわらず獲得したのだという答の、その緊張の羽ばたき。

仮にこの作品が一対の翼であったとしても、ではその翼とはいったい何であるのか。たとえばペガサスになりたい少女がいる。盲目の彼女は、寺山修司の「コメット・イケヤ」の中で星を見たいと願っている。一方、星になろうと決心したようだかは、宮澤賢治の作品の中で星となってしまった。星になれなかったものにとっては、星への翼、星になるしかなかった者にとっては、留保の輝きへの翼。いずれにしろ、星は至り着けぬものの象徴、と言うよりそのものであり、書くことの不可能性それ自体であると言えるだろう。「イカルス」では、太陽がこの「星」に相当しているが、光を与えるものとしての存在性を考えれば、それは表現の至高ということになるだろう。詩人がついに「太陽」という言葉を書くことができなかったという事実は、逆に表現への執念を思わせる。この作品の持つエロティックな性格は、その気になれば言及できるセクシュアルな意味の層の存在を超えて、言葉の本来の意味での希求、現況下における「詩」への希求に起因しているのである。

「ひとつの季節の葦群から　鳴のように飛び立ち」(1)、ともかく、それを目指して飛んでいく。言葉という、滅び易い素材の翼で。幾重もの意味の層を施し、それら同士の干渉、変転と破綻と、ほの見える希望を紡いで「詩人は変身する。繊細な一対の翅に変身しながら、わたつみのうねりの上をわたってゆく」(2)。

(1) 星野徹「西行」(詩集『PERSONAE』一九七〇 所収)
(2) 同 「変身する詩人」(詩論集『詩の原型』一九六七 所収)

跋

『安愚樂鍋』賛

仮名垣魯文作の『牛店雑談《うしやぞうだん》 安愚樂鍋《あぐらなべ》』は一名《いちみょう》『奴論建《どろんけん》』、泰西はカナダの目利きノースロップ・フライの職業的慧眼がこの辺りまで届いているかどうかはともかく、先生流を倣ってアナトミーを拡張すれば、この『奴論建』さしずめ酩酊文学ということになるだろう。といって古今東西の古典、名作に元来疎く関心今一歩の性質上、その由来や系譜なぞ追究したわけではないが、酩酊ということなら、事は文学に限らない。近代などという荒海に玩ばれるあやういアイデンティティの船上で、千切れかかった意識の帆にすがりついて、ひたすらに船酔いの軽からんことを願っている乗客の、事は生活の問題である。「待てば海路の日和あり」と、三十石船の船旅を反対に酔いのめし、そのままそれを出発の過程にできた森の石松は、すでにして昔の、いや、いつの時代でも「古きよき時代」として珍重される骨董的幻影の中で酒浸る神話的人格であり、第一その語り部、二代広沢虎造さえ板切れ一枚下の黄泉の国の住人に落ち着いて久しい。

果してわたしはわたしなのか。わたしが認めるわたしと、他者が認めるわたしとの落差を、わたしは一体どうしたらよいのか。世に行われるこうした、すなわち初歩のアイデンティティの問題が、フライ先生の説く文学のうえでのアイデンティティの問題に結局は行きつくとしても、問題はやはり、まず日々の生業として姿を現す。『精神の危機』のポール・ヴァレリイによれば、近代とは多種雑多な思想の乱立ということになるのだが、『奴論建』という牛肉鍋に、奉行なしに投入され煮詰められているところのものとは、思想よりもしたたかな生活の、その乱立なのである。西洋と日本との衝突で居所を失った心持ちというものが、切実な相談を求めているのなら、関係専門機関に持っていくよりはまず、牛肉と五分の味を確かめた方がよい。はるかに倫理が立つというものではないか。すなわち、『安愚樂鍋』一巻の解説は小林智賀平先生と岩波書店にまかせて、居残り一同は徹底的に酔いつぶれてみる必要がありはしまいか、ということである。とすれば、『奴論建』は、酔わせるか、酔わされるかの国家的一大宴会、ヴァレリイ以前の野球拳的な賭けと見えるが、如何。

冗談でなくこの辺で、カツ丼を食べていることの意味、食べていくことの意義を真剣に考えてみる必要がありはしまいか。

平成二十七年六月

著者識

初出一覧

◆新体詩の現在

新体詩の現在　「岩礁」121　平成十六年十二月
気がつけば記号論　同　122　平成十七年三月
詩神の一吹き　同　123　平成十七年六月
本歌取りの精神　同　124　平成十七年九月

◆一読再読三読

小松弘愛詩集『銃剣は茄子の支えになって』　「岩礁」117　平成十五年十二月
有松裕子詩集『擬陽性』　「岩礁」118　平成十六年三月
「春眠」の由来――西川敏之詩集『遠い硝煙』　『遠い硝煙』跋　平成十六年四月
山本泰生詩集『三本足』　「岩礁」119　平成十六年六月
陽炎に入る――植木信子詩集『迷宮の祈り』　『迷宮の祈り』跋　平成十六年八月
奥野祐子詩集『スペクトル』　「岩礁」120　平成十六年九月
石原武詩集『飛蝗記』　「岩礁」121　平成十六年十二月

相良蒼生夫詩集『都市、思索するペルソナまたは伴走者の狂気』 「岩礁」122 平成十七年三月
奥重機詩集『囁く鯨』 「岩礁」124 平成十七年九月
現在形の神話――大島邦行詩集『KingKong の尾骶骨』への道のり 「白亜紀」132 平成二十一年十一月

◆文字の路地

擬本歌取りの行方――望月苑巳詩集『聖らむね論』 「光芒」16 昭和五十三年十二月
清水哲男評論集『詩的漂流』を読む 「光芒」22 昭和五十七年一月
詩集評一九八二 1 「光芒」23 昭和五十七年七月
詩集評一九八二 2 「光芒」24 昭和五十七年十二月
「イカルス」を読む 「AA」3 昭和四十六年四月

◆跋

『安愚樂鍋』賛 「AA」7 昭和四十八年一月

加藤廣行　（かとう・ひろゆき）

昭和 25 年千葉県生まれ
日本詩人クラブ会員
日本現代詩人会会員
詩誌「光芒」同人・「火映」会員

既刊著書　詩集『AUBADE』（1980 年　国文社）
『ELEGY, & c. 』（1991 年　国文社）
『Instant Poems』（2002 年　国文社）
『歌のかけら　星の杯』（2013 年　竹林館）
教育論『国語屋の授業よもやま話』（2012 年　竹林館）
歌曲集『ほんとはむずかしい五つのことば』（2015 年　樂舍）

現住所　〒 274-0063　船橋市習志野台 4-56-5

新体詩の現在　加藤廣行詩論集

2015 年 8 月 1 日　第 1 刷発行
著　者　加藤廣行
発行人　左子真由美
発行所　㈱ 竹林館
〒 530-0044　大阪市北区東天満 2-9-4
千代田ビル東館 7 階 FG
Tel　06-4801-6111　Fax　06-4801-6112
郵便振替　00980-9-44593
URL http://www.chikurinkan.co.jp
印刷・製本　㈱ 国際印刷出版研究所
〒 551-0002　大阪市大正区三軒家東 3-11-34
© Kato Hiroyuki　2015 Printed in Japan
ISBN978-4-86000-315-9　C0095

日本音楽著作権協会（出）許諾第 1508244-501 号

定価はカバーに表示しています。落丁・乱丁はお取り替えいたします。